EL HIJO SECRETO DEL ITALIANO

Kim Lawrence

HARLEQUIN®

Editado por HARLEQUIN IBÉRICA, S.A.
Hermosilla, 21
28001 Madrid

EL HIJO SECRETO DEL ITALIANO, Nº 1535 - 6.10.04
Título original: The Italian's Secret Baby
Publicada originalmente por Mills & Boon®, Ltd., Londres.

I.S.B.N.: 84-671-2200-5
Depósito legal: B-35909-2004
Editor responsable: Luis Pugni
Diseño cubierta: María J. Velasco Juez
Composición: M.T. Color & Diseño, S.L.
C/. Colquide, 6 - portal 2-3º H, 28230 Las Rozas (Madrid)
Fotomecánica: PREIMPRESIÓN 2000
c/. Matilde Hernández, 34. 28019 Madrid
Impresión y encuadernación: LITOGRAFÍA ROSÉS, S.A.
c/. Energía, 11. 08850 Gavá (Barcelona)
Fecha impresion para Argentina:19.12.05
Distribuidor exclusivo para España: LOGISTA
Distribuidor para México: CODIPLYRSA
Distribuidores para Argentina: interior, BERTRAN, S.A.C. Vélez Sársfield, 1950. Cap. Fed./ Buenos Aires y Gran Buenos Aires, VACCARO SÁNCHEZ y Cía, S.A.
Distribuidor para Chile: DISTRIBUIDORA ALFA, S.A.

Capítulo 1

CREÍA que ibas a llegar tarde –le dijo su secretaria cuando Roman O'Hagan entró en la sala de conferencias, que estaba vacía.

–No sé si te lo he dicho alguna vez, Alice, pero eres demasiado estricta con la puntualidad –observó Roman quitándose la chaqueta y dejándola en el respaldo de una silla–. Y en cualquier caso, por si se te ha olvidado, soy el jefe, así que puedo llegar tarde si me da la gana.

Alice, que llevaba cuatro años trabajando para él y jamás lo había visto llegar tarde, le sirvió una taza de café y se la colocó sobre la mesa.

–Pues para que lo sepas, jefe, he conseguido billetes para el vuelo de las cuatro y media a Dublín.

–Excelente –contestó Roman sentándose y estirando las piernas–. Desde luego, este café no lo está –añadió haciendo una mueca de disgusto.

–Es descafeinado y, por si se te ha olvidado, hacer café no forma parte de mi trabajo. Lo hago porque soy buena persona.

–Qué suerte tengo.

–Sí, tienes mucha suerte –contestó Alice desde la puerta–. Por cierto, te ha llamado tu hermano.

–¿Ha dejado algún recado?

–Para ti, no.

Roman enarcó una ceja. Estaba convencido de que su hermano Luca tenía mucho que ver con que Alice hubiera bajado una talla en el último par de meses.

Se le estaba haciendo difícil no decir nada sabiendo que su hermano era de los que no se querían casar y Alice, sí.

–Ha dicho que te volverá a llamar.

La conferencia telefónica empezó realmente bien, pero perdió todo el interés en el momento en el que el segundo ponente se puso al aparato.

«¿Cómo es posible que una persona hable tanto sin decir absolutamente nada?»

Roman consiguió interrumpirlo con un par de preguntas que no supo contestar con exactitud. Era obvio que aquel directivo, que cobraba un buen sueldo, no se había preparado la conferencia.

Roman escuchó sonriente cómo el ayudante de aquel hombre lo sacaba del apuro y se adelantaba a sus preguntas de manera acertada.

Desde luego, no olvidaría su nombre.

–Así que crees que el mercado europeo está preparado para un proyecto de esta... –Roman tuvo que interrumpirse al oír una voz femenina que se había cruzado en su conversación.

–¿Hablo con el señor O'Hagan?

–¿Quién es usted?

–Quiero hablar con el señor Roman O'Hagan.

–¿Cómo demonios...? Me temo que está interrumpiendo usted una conversación privada.

–Estoy intentando localizar al señor O'Hagan. ¿Le importaría a usted decirme con quién estoy hablando?

Aunque aquella mujer tenía una voz de lo más sensual, su insistencia y su decisión de hacerse la sorda lo estaba molestando sobremanera.

F. O'Hagan and Sons había dado un buen ejemplo últimamente contratando a un gran número de mujeres para ocupar puestos directivos, pero ninguna de ellas estaba tomando parte en aquella conferencia telefónica.

Roman no tenía ni idea de quién era aquella mujer o de cómo había aparecido en su conversación, pero decidió que tampoco merecía la pena averiguarlo.

–No se cómo ha terminado usted cruzándose en mi conversación... –le dijo pensando que, normalmente, cuando una mujer tenía una voz tan sensual también solía tener unas piernas maravillosas, labios seductores y pelo rubio y largo.

–¡Y a mí qué me cuenta! ¡Debía de ser usted el único con el que me faltaba hablar porque he hablado ya con todos los demás empleados de esa empresa!

Adiós a la seductora, hola a la institutriz. Bueno, había sido una bonita fantasía aunque hubiera durado poco.

–Me han tenido un buen rato pasando de teléfono en teléfono y haciéndome esperar...

–¿Le importaría colgar? Ha interrumpido usted una conversación privada y confidencial –le pidió Roman.

Había hombres a los que les gustaban las mujeres marimandonas, pero no era su caso.

A diferencia de los mandos directivos de su filial en Europa, que estaban pendientes de todas y cada una de las palabras de aquella conversación, su interlocutora no parecía darse cuenta de que, cuando Roman O'Hagan utilizaba aquel tono de voz, era porque daba por terminado el asunto.

–Su conversación me importa un bledo –le contestó la mujer.

Roman suspiró irritado y miró el reloj.

–Eso sería lo que diría cualquier espía industrial.

–¿Se supone que eso ha sido un chiste? –le contestó la mujer con frialdad–. Le aseguro que no estoy para bromas y que, como me pongan otra vez *El Danubio azul*, no sé lo que hago –le advirtió–. ¿Quiere usted tener sobre su conciencia que me vuelva loca y salga desnuda corriendo por la calle?

–Hombre, no estaría mal…

–Me alegro mucho de que todo esto le haga tanta gracia.

–¿Es que nunca deja que los demás terminemos las frases?

–Santo cielo, no estoy pidiendo una audiencia privada con el Papa, sólo quiero hablar con el señor O'Hagan.

–Obviamente, esta mujer...

–¡Es de muy mala educación hablar de una tercera persona como si no le estuviera oyendo y yo lo estoy oyendo! Como ya le dicho a no sé cuántas personas antes que a usted, tengo algo muy importante que decirle al señor O'Hagan.

Sí, como todos los que querían hablar con él, todas aquellas personas que tenían un negocio maravilloso en mente y que sólo necesitaban que él les prestara un poco de dinero para ponerlo en marcha.

–Alice –gritó girando la silla para ponerse de frente a la puerta, que estaba abierta–, tengo una loca al teléfono. A ver si lo arreglas.

–¡No soy ninguna loca! –protestó la airada interlocutora.

–Ya he oído bastante –gruñó Roman–. ¡Haga usted el favor de colgar! Si tiene algo importante que decir, haga uso de los canales convencionales.

–¿Me ha escuchado usted lo que le he dicho? No tengo tiempo de acudir a los canales convencionales. ¿Le han dicho alguna vez que es usted un maleducado?

–Sí, pero normalmente nadie se atreve a decírmelo a la cara.

–Muy irónico –se burló la mujer–, pero le recuerdo que usted y yo no nos estamos viendo las caras. Si fuera así... en cualquier caso, da igual, ¿es usted el señor O'Hagan o no?

–Sí, soy Roman O'Hagan. Si no piensa usted colgar, ¿le importaría, al menos, decirme quién demonios es? Se lo digo para asegurarme de que en el futuro no pueda volver a molestarme.

Aquella amenaza hizo que la mujer suspirara irritada.

–Me llamo Scarlet Smith.

«Scarlet...»

Roman se encontró de nuevo pensando en una mujer de piernas largas y, por supuesto, melena rubia. ¡Claro que, después de ver lo inaguantable que era, lo último que se le pasaba por la cabeza era pedirle una cita!

–Soy la directora de la guardería de la universidad.

Roman pensó que no iba muy desencaminado con lo de institutriz.

–Su madre tiene que inaugurarla oficialmente hoy.

–Mi madre está en Roma –contestó Roman recordando que su madre le había dicho algo de que tenía que interrumpir sus vacaciones para hacer algo en Londres.

–No, su madre está en mi despacho y me temo que no se encuentra muy bien.

Roman se puso en pie inmediatamente.

–¿Qué le ha ocurrido?

–No era mi intención alarmarlo...

–Ya estoy asustado, así que explíquemelo todo.

–Su madre se ha desmayado hace un rato, pero ahora parece que está mucho mejor.

–¿Qué ha dicho el médico? –quiso saber Roman poniéndose la chaqueta.

–No la ha visto ningún médico.

–¿Cómo dice? –bramó Roman saliendo de su despacho–. Necesito el coche –le dijo a su secretaria–. Y cancela todas mis citas para esta mañana. Dile a Philip que vaya a la universidad.

–¿Y tu vuelo…?

–Cancélalo también.

–¿Y si el doctor está ocupado?

Roman se giró hacia Alice y la miró de manera inequívoca.

–Entendido, le diré que deje todo lo que tenga entre manos y vaya a la universidad.

–Su madre no me ha dejado que llamara al médico ni a una ambulancia.

–¿Cómo la iba a dejar si estaba inconsciente? –se burló Roman volviendo a hablar con la mujer del teléfono.

–Ha estado inconsciente menos de un minuto.

Aquello no le gustó nada a Roman pues odiaba a la gente que intentaba escurrir el bulto en lugar de hacer frente a las consecuencias cuando se daban cuenta de que habían hecho algo mal.

–Le voy a decir una cosa señorita Smith. ¡Si a mi madre le pasa algo, le voy a meter en un juicio que le voy a arruinar la vida! –gritó colgando el teléfono.

Su secretaria fue incapaz de morderse la lengua.

–De verdad, a veces te pasas.

–¿La vas a defender?

–Me parece que no te das cuenta del miedo que inspiras en la gente.

–No, Alice, sé perfectamente el miedo que inspiro en la gente –contestó Roman sonriendo malicioso–. Es el secreto de mi éxito.

–El secreto de tu éxito es que vives para trabajar –le reprochó su secretaria–. A esa pobre chica la has debido de dejar llorando desconsolada.

–Pues lo siento mucho, pero no soporto la incompetencia, sobre todo cuando pone en peligro a mi familia.

Contrariamente a lo que Alice creía, la «pobre chica» en cuestión no estaba llorando desconsolada sino andando por un pasillo de la universidad y maldiciendo a aquel señor O'Hagan, que no le había dejado ir directamente al grano sino que se había estado burlando de ella un buen rato.

Scarlet era la primera que sabía que tendría que haber llamado a una ambulancia, ¿se creía aquel hombre que era idiota?

David Anderson, el vicerrector y amigo de su familia de toda la vida, la miró aliviado cuando la vio entrar en su despacho.

–¿No me habías dicho que ibas a tardar un segundo? –le preguntó llevándola a un lado para que la mujer pálida que estaba sentada en la silla no los oyera.

–¿Cómo está?

–Mejor, creo. Me ha dicho que avise a su chófer para que la venga a buscar.

–No va a ser necesario porque su hijo viene para aquí –le explicó Scarlet.

Teniendo en cuenta lo preocupado que parecía David, Scarlet decidió obviar el detalle de que probablemente llegara hecho una furia.

Scarlet se había dado cuenta de que Roman O'Hagan amenazaba constantemente y ella estaba muy acostumbrada a lidiar con ese tipo de hombres pues había tenido que vérselas con ellos en el colegio.

La diferencia era que ahora sabía cómo tratarlos, sabía que lo único que hay que hacer para ganar a alguien así es demostrarle que no estás asustada… ¡aunque lo estés!

Scarlet era una mujer firmemente decidida a no dejar que ningún chulo la pisoteara. A medida que iba recordando la conversación telefónica que acababa de mantener con aquel hombre, se enfadaba más y más.

¿Cómo se atrevía a amenazarla? Además, no era sólo lo que había dicho sino cómo lo había dicho.

¡Y pensar que cuando había oído su voz se le había erizado el vello de todo el cuerpo! Aquel energúmeno tenía una voz capaz de hacer que una nota de desahucio sonara sensual.

El vicerrector la miró con incredulidad.

–¿Has llamado a su hijo a pesar de que ella ha insistido en que no lo hicieras?

–¿No quería que lo llamáramos? –contestó Scarlet haciéndose la tonta.

–Scarlet, tú la has oído tan bien como yo.

–Sí, pero también nos ha dicho que no llamáramos al médico y eso tampoco me ha gustado.

–Es una mujer muy importante y no podemos ignorar sus deseos.

–No te preocupes, he sido yo la que lo ha hecho.

–Es cierto –contestó David aliviado.

–Puedes utilizarme tranquilamente de cabeza de turco –se ofreció Scarlet en tono burlón.

David la miró con reproche.

–Voy a organizarlo todo para cuando llegue el señor O'Hagan.

–¿Se encuentra usted mejor? –preguntó Scarlet acercándose a la elegante mujer.

–Mucho mejor, gracias –contestó Natalia O'-Hagan con su acento italiano.

Aquella mujer no parecía tener edad suficiente como para tener un hijo de la edad de Roman O'Hagan.

Aquel hombre debía de tener poco más de treinta años y, por lo que Scarlet había visto en las revistas, era increíblemente guapo y por eso siempre aparecía rodeado de mujeres bellas que lo miraban con admiración.

Scarlet sonrió a Natalia, que le había caído bien desde el principio. A diferencia de su hijo, era una mujer agradable y educada, sin aires de grandeza.

Con sólo pensar en Roman O'Hagan, Scarlet sintió un escalofrío por la espalda. Tal vez, había heredado la arrogancia del lado paterno de la familia. Buena combinación de genes, italianos irlandeses, pero en él la mezcla había salido mal porque carecía del encanto de los irlandeses y del carisma de los italianos.

Natalia intentó dejar en la mesa el vaso de agua del que había bebido, pero le temblaban las manos.

–Ya lo hago yo –se ofreció Scarlet.

Al observar a Natalia de cerca, se dio cuenta de que ya no tenía los labios azulados, pero aun así no tenía buen aspecto.

–¿Quiere que le traiga alguna otra cosa?

Natalia O'Hagan consiguió sonreír, pero no respondió.

Scarlet se volvió a decir por enésima vez que debería haber llamado a un médico en cuanto se había desmayado, por mucho que la mujer hubiera insistido en que no lo hiciera.

Sin embargo, en lugar de hacerlo, cuando los directivos de la universidad que acompañaban a David habían dicho que lo mejor era hacerle caso, ella se había plegado a sus deseos.

Obviamente, no querían contradecir a aquella generosa mujer que había donado una fuerte suma de dinero para la guardería, por no hablar del edificio inteligente que se había construido gracias a su fortuna.

Así que no había llamado a un médico ni a una ambulancia porque los burócratas de la universidad así lo habían estimado conveniente, pero, ¿dónde estaban ahora?

Lo de ser la cabeza de turco lo había dicho medio en broma, pero se estaba empezando a dar cuenta de que, si las cosas se ponían feas, y era muy probable que se pusieran cuando llegara Roman O'Hagan, ella iba a ser la única que iba a pagar las consecuencias.

–¿Me da permiso para que, al menos, avise a alguien de Salud Ocupacional y...? –preguntó Scarlet.

Natalia le hizo un gesto negativo con la mano.

–Es usted igual que mis hijos.

–¿Yo? –dijo Scarlet sin poder contener su horror.

–Me considero una mujer afortunada porque tengo dos hijos que me adoran, pero son ridículamente sobreprotectores conmigo. Roman es el peor de los dos –le explicó Natalia–. Tiene la terrible costumbre de creer que sabe lo que es mejor para mí y, si le dejara, me diría cómo tengo que vivir.

–¡No deje que lo haga!

Natalia la miró enarcando una ceja y Scarlet se sonrojó.

–Supongo que los hijos nos preocupamos por nuestras madres y eso está bien –dijo para arreglarlo–. Yo espero que mi hijo se preocupe por mí en el futuro.

–¿Tiene usted un hijo? –le pregunto Natalia sorprendida.

Lo cierto era que Scarlet no aparentaba la edad que tenía y, además, iba vestida con vaqueros y una camiseta de algodón. Aunque le habían aconsejado que, como directora de la guardería, vistiera de manera más sobria, no lo había hecho.

–Pero si es usted muy joven... o quizá sea yo, que me estoy haciendo mayor.

–Usted no es mayor en absoluto.

–¿Cómo se llama ese niño? –pregunto Natalia de repente señalando a un pequeño que, en lugar de estar en el jardín jugando con todos los demás, se había colado en la guardería de nuevo.

Parecía una pregunta casual, pero Natalia parecía genuinamente interesada y se retorcía las manos en el regazo.

–Me refiero al niño que me ha entregado las flores, el que está allí sentado –insistió.

Scarlet siguió la dirección de su mirada a través de la mampara de cristal que separaba su despacho de la guardería y vio al pequeño sentado con las piernas cruzadas en el suelo.

Se suponía que Sam tendría que estar disfrutando del mago que habían contratado para aquel día, pero era cabezota y se le había puesto entre ceja y ceja que tenía que terminar el puzzle que había empezado.

–Se llama Sam –contestó Scarlet frunciendo el ceño al detectar la extraña emoción de la otra mujer.

–Espero no haberlo asustado cuando me he desmayado.

–Sam no se asusta fácilmente –contestó Scarlet sinceramente.

–¿Su madre trabaja en la universidad?

–Sam es mi hijo –contestó Scarlet intentando no hincharse de orgullo como un pavo real–. Una de las ventajas de hacerme cargo de la guardería de la universidad es que lo tengo cerca todo el día.

–¿Es su hijo?

La sorpresa que percibió en Natalia y su mirada atónita no la tomó desprevenida pues era normal ya que Sam era un niño excepcionalmente guapo y ella, no lo era. Sin embargo, cuando Natalia exclamó «¡increíble!», se sonrojó visiblemente.

–¿Y cuántos años tiene?

–Ha cumplido tres en abril.

–Parece muy espabilado para su edad.

–Es muy listo –contestó Scarlet orgullosa.

–Supongo que su marido y usted estarán muy orgullosos de él.

–No estoy casada –explicó Scarlet extrañada al ver que Natalia suspiraba aliviada.

–Entonces, el padre de Sam...

–No existe. Sam y yo vivimos solos y estamos encantados.

Capítulo 2

SUPONGO que será difícil para una mujer sola hacerse cargo de un hijo.

–Las familias monoparentales somos cada vez más.

–¿Pero nunca ha estado casada?

Scarlet, que estaba empezando a sorprenderse realmente ante la insistencia de Natalia, negó con la cabeza.

–Nunca –contestó decidiendo que había llegado el momento de cambiar de tema.

–Señora O'Hagan...

–Llámame Natalia, por favor.

–Natalia, sé que me dijo que no lo hiciera, pero... –le dijo tomando aire–. He llamado al señor O'Hagan, es decir a su hijo, ése que está obsesionado con controlarla. Entiendo que se enfade conmigo, pero de verdad que lo he hecho por su bien.

–No estoy enfadada –la tranquilizó Natalia.

–Menos mal –suspiró Sara aliviada.

–¿Has conseguido hablar con Roman? Te lo digo porque hasta yo tengo problemas para que se ponga al teléfono.

–Lo cierto es que me ha costado pero, al final, lo he conseguido –sonrió Scarlet.

Había algo en aquella mujer que la tenía desconcertada. Scarlet no sabía qué era, pero le daba la impresión de que le ocultaba algo.

–Has debido de tener mucha suerte o tienes más enchufe que yo –rió Natalia.

–No, me temo que ha sido que he hecho uso de mi mayor talento: la cabezonería.

Natalia asintió, pero, por la cara que puso, Scarlet se dio cuenta de que estaba pensando en otra cosa.

–A veces pienso que vive rodeado de demasiadas medidas de seguridad, ¿sabes?, pero desde el desagradable episodio con la acosadora no le queda más remedio.

–¿Qué acosadora? –preguntó Scarlet sorprendida.

–¿No te enteraste? Fue hace cuatro años y salió en todos los periódicos.

Scarlet no le dijo que hacía cuatro años no tenía tiempo ni para leer la prensa porque tenía que cuidar a su hermana moribunda.

–¿Era una ex novia? –preguntó.

–No, lo cierto es que Roman y ella no se conocían absolutamente de nada, pero ella estaba obsesionada con él y llegó a creer que eran novios. Lo llamaba y le mandaba regalos. A mi hijo le daba pena, pero decidió ignorarla creyendo que se olvidaría de él. Una mañana, llegó a la oficina y se la encontró. Tenía a Alice, la secretaria de Roman, con un cuchillo en el cuello.

–¡No me lo puedo creer!

–Sí, mi hijo se puso a hablar con ella para intentar convencerla de que soltara a Alice. Lo iba a hacer, pero llegó la policía y se puso nerviosa. Al final, hirió a los dos, sobre todo a Alice. Por suerte, los dos se recuperaron.

–Supongo que sería horrible para ellos.

–Sí, Roman no se podía perdonar el haber puesto la vida de otra persona en peligro. Aunque no había sido culpa suya, mi hijo es así, tiene demasiado desarrollado el sentido de la responsabilidad.

Scarlet sonrió educadamente pues el hombre que estaba describiendo aquella adorable madre no se correspondía con la imagen que de él proyectaban los periódicos ni la que ella se había formado en la cabeza tras su conversación.

–A Roman le gustan las mujeres con carácter.

«Pues lo disimula muy bien», pensó Scarlet.

–¿De verdad? –dijo sin embargo.

–¿Y qué te ha dicho?

«¿Además de que me va a meter en un juicio?»

–No hemos hablado mucho, la verdad –contestó.

–Ahora, cuando venga, tendrás ocasión de hacerlo. Los años le han cambiado.

Aquella frase sorprendió a Scarlet, pero no dijo nada.

–Scarlet –la llamó David desde la puerta–, ¿te importaría venir un momento? Me alegro de verla mejor, señora O'Hagan.

–Ahora mismo vuelvo –le dijo Scarlet a Natalia.

Sin embargo, no volvió porque David le indicó que Roman O'Hagan ya había llegado y que una persona de más rango que ella se iba a encargar de recibirlo.

–No es porque no me fíe de ti, Scarlet, sino simplemente por respeto.

–Seguramente es lo que él espera –contestó Scarlet.

En cualquier caso, ella prefería no tener que tratar con aquel desagradable millonario.

–Si no te importa, yo voy a aprovechar para ir a ver a Sam.

Roman se pasó los dedos por el pelo con impaciencia mientras miraba a su madre.

–Sí, me ha parecido necesario que viniera Philip porque es tu médico.

–Ya te he dicho que simplemente me he desmayado. Me tratas como a una anciana, Roman –contestó Natalia extendiendo el brazo para que le tomaran la tensión–. ¿Normal? –le preguntó al médico.

–Si todos los pacientes estuvieran tan bien como usted, no tendría trabajo –contestó el doctor alegremente.

–¿Ves? –le dijo a su hijo.

–¿No sería mejor que le hicieras más pruebas? –le preguntó Roman a su amigo.

–Podría, pero...

–Hazlas.

Natalia suspiró exasperada.

–Por esto no quería que te llamara. Has venido corriendo cuando estoy segura de que tienes millones de cosas más importantes que hacer.

–Miles de millones de cosas –contestó Roman sonriendo con sarcasmo–. Por supuesto, todas ellas mucho más importantes que la salud de mi madre.

–Me alegra saber que la familia sigue siendo importante para ti –observó Natalia.

Roman enarcó una ceja.

–¿Me he perdido algo?

–Creo que has hablado con Scarlet por teléfono, ¿no?

–¿Scarlet... la rubia?

–No es rubia. Puede que lo fuera cuando la conociste aunque lo normal es que las mujeres castañas nos tiñamos de rubio y no al revés.

–No la conozco de nada.

–Entonces, ¿por qué has dicho que era la rubia?

–Por la voz lo parecía.

–¿Cómo dices? Roman, no insultes mi inteligencia por favor –le dijo su madre con frialdad.

–¿Ha dicho ella que nos conocíamos?

Estaba acostumbrado a que las mujeres intentaran acercarse a él de cualquier manera, pero, si aquella había pensado que haciéndolo a través de su madre iba a conseguirlo, iba lista.

–Tranquilízate, hijo. Prácticamente no ha hablado de ti, lo que no me sorprende pues la experiencia ha debido de ser dolorosa.

–Te ha dicho que la he amenazado, ¿verdad? Se lo merecía. ¿Cómo se le ha ocurrido no llamar al médico?

Natalia miró a su hijo con dureza.

–Philip, ¿te importaría dejarme a solas con mi hijo un momento?

–Por supuesto que no –contestó el médico cerrando su maletín.

–¿Vas a tardar mucho, mamá? –le preguntó Roman en cuanto su amigo cerró la puerta.

–¿Debería haber llamado a tu secretaria para concertar una cita? Ya sé que eres un hombre muy importante, pero debes recordar que diriges la empresa porque yo convencí a tu padre para que se jubilara.

En realidad, había sido el infarto de miocardio que había sufrido su padre lo que les había convencido a su hermano y a él de que debían abandonar sus respectivas carreras profesionales y hacerse cargo de la empresa familiar.

La inyección de sangre fresca y nuevas ideas habían hecho posible que las fortunas de todos los miembros de la familia aumentaran considerablemente en poco tiempo.

Por desgracia, aquello no había hecho sino aumentar las tensiones entre padre e hijos.

–Te recuerdo que hace unos minutos me estabas diciendo que seguro que tenía algo que hacer más importante que correr a tu lado.

–No cambies de tema, Roman.

–No lo haría si supiera de qué estamos hablando. ¿Me vas a decir qué he hecho exactamente?

Natalia lo miró con dureza.

–¿Ha ocurrido algo? ¿Le ha pasado algo a papá? –preguntó Roman con el ceño fruncido.

Natalia se apresuró a negar con la cabeza para tranquilizarlo y, sin dejar de mirarlo a los ojos, tomó aire.

–Scarlet Smith –le dijo en tono acusador.

–La mujer de lengua viperina y mal carácter que no es rubia. Si quieres saber algo más, vas a tener que preguntarle a otra persona porque yo no la conozco de nada.

Natalia suspiró aliviada.

–Entonces, no lo sabes. Menos mal.

–No sé de qué me hablas, mamá.

–Se debe de haber cambiado de apellido o, tal vez, te dio uno falso.

–¿De qué me estás hablando?

–A veces, hay cosas que haces que no me gustan, pero creía que eras incapaz de dar la espalda a tus responsabilidades y de dejar que tu propio hijo creciera sin conocerte.

Capítulo 3

ROMAN miró a su madre estupefacto.

–¿Estás de broma?

–Jamás bromearía con algo así –contestó Natalia–. Entiendo que te hayas quedado de piedra.

–Muchas gracias por ser tan comprensiva –contestó Roman con ironía–. Yo no tengo ningún hijo y no conocía a ninguna mujer que se llamara Scarlet Smith hasta hoy.

–Es una chica adorable, por cierto.

Roman gruñó algo y se giró hacia la ventana furioso.

–Si tuviera un hijo, lo sabría.

–Sólo si la madre te lo hubiera dicho –le explicó Natalia.

–Suponiendo que efectivamente tenga la costumbre, como tú crees, de ir por ahí dejando embarazadas a las mujeres, ¿por qué no me lo iba a haber dicho? ¿Por qué iba a haber preferido enfrentarse sola a criar un hijo?

–Acepto que no supieras que tenías un hijo, pero ahora que lo sabes, ¿qué vas a hacer al respecto?

–¡Por última vez, te aseguro que no tengo un hijo!

–Negarlo no te va a llevar a ninguna parte.

Roman se dio cuenta de que su madre estaba al borde de las lágrimas y le indicó que se sentara.

–Normalmente, a ti es muy difícil engañarte, mamá. ¿No te extraña que haya sido ella la que te lo ha dicho y no yo?

–Ella no me ha dicho absolutamente nada. Se lo he puesto en bandeja varias veces, pero fingido no conocerte.

–Entonces, no entiendo nada.

–He visto al niño, Roman, y es exactamente igual que tú cuando tenías su edad.

–Mamá, te prometo que, aunque el niño se parezca a mí, yo no conozco a ninguna mujer llamada Scarlet Smith.

–La gente cambia en cuatro años –contestó su madre–. Tú has cambiado mucho –añadió con tristeza–. Scarlet se ha debido de cambiar de apellido para que tú no la encontraras.

–Me parecería un poco excesivo por su parte dado que yo jamás la he buscado. Sé lo mucho que deseas ser abuela, pero no voy a fingir que tengo un hijo para darte gusto.

–No dirías eso si lo hubieras visto.

–¿No crees que recordaría el nombre y el apellido de una mujer con la que me he acostado?

–Fue hace cuatro años y, además, ha habido muchas mujeres en tu vida. Ya sé que no debería hablar de esto, pero...

–Lo vas a hacer de todas maneras –dijo Roman resignado.

–No es un tema del que me guste hablar.

–A mí, tampoco.

Que su novia de toda la vida lo dejara plantado cuando las invitaciones de boda ya estaban enviadas no era algo de lo que a Roman le gustara hablar.

–Está bien, no voy a hablar de ello, pero creo que está muy claro que has tenido más de una aventura de una noche.

–¿Tenemos que hablar de mi vida sexual? No me puedo creer que tú también te creas lo que la prensa pública sobre mí.

–Yo sólo te pido que veas al niño, Roman.

–No es mi hijo.

–¿Estás seguro al cien por cien?

Roman decidió que la única manera de acabar con todo aquello era hacer lo que su madre le pedía.

–¿Dónde está la madre de mi supuesto hijo?

Capítulo 4

ROMAN miró el reloj rezando para que aquel asunto de Scarlet Smith se solucionara cuanto antes para ver si le daba tiempo de llegar a Dublín después de comer y reunirse con Alice, que ya estaba allí.

En cualquier caso, estaba seguro de que su madre se equivocaba. Era imposible que tuviera un hijo.

Dado que no era un hombre proclive a la introspección, se puso a pensar en la reunión de Dublín que tenía aquella misma tarde.

Scarlet llamó a la puerta con la esperanza de que nadie contestara. Así fue, nadie acudió a abrirla, pero se abrió sola porque estaba entornada.

Había un hombre de espaldas, que no la oyó entrar. Scarlet carraspeó y él se giró hacia ella. Tenía unos deslumbrantes ojos negros y Scarlet tuvo que apartar la mirada.

Tragó saliva al notar que se le había acelerado el corazón.

Aquel hombre tenía un perfil perfecto, pero de frente era todavía más guapo y ni siquiera la cicatriz que tenía desde el pómulo hasta el ojo reducía su belleza.

«No puede ser», fue lo primero que pensó Roman al ver a la diminuta mujer de pelo castaño que lo miraba desde la puerta.

En realidad, jamás había esperado encontrarse con una diosa rubia de largas piernas, pero, ¿aquello?

La mujer con la que había hablado por teléfono parecía muy segura de sí misma y aquella que tenía ahora ante sí estaba tan asustada que no se atrevía a mirarlo a los ojos.

Roman sintió una repentina decepción.

–¿El señor O'Hagan?

Roman no contestó.

–Señor O'Hagan, me han dicho que quería usted verme.

Al oír su voz, Roman se dio cuenta de que era la misma, grave y ronca, que había oído por teléfono.

«Bonita voz a pesar de todo», pensó.

–¿La señorita Smith?

Scarlet asintió.

–Siéntese –le indicó Roman.

–No, estoy bien de pie.

–No muerdo –le dijo Roman con impaciencia.

Scarlet se ruborizó y se dio cuenta de que debía de parecer una idiota dispuesta a salir corriendo de un momento a otro. Echó los hombros hacia atrás y cerró la puerta.

Había estado varias veces en aquella estancia y no era precisamente pequeña, pero sintió un repentino ahogo, una sensación de claustrofobia que la hizo desear huir.

–Por fin nos conocemos –comentó Roman.

Scarlet asintió.

¿Y su madre creía que se había acostado con aquella mujer?

Roman estuvo a punto de hacer una mueca de disgusto al observar lo mal vestida que iba. Llevaba un vestido saco que no le favorecía en absoluto y, para colmo, llevaba unas gafas espantosas.

Scarlet sabía que la estaba sometiendo a un escrutinio del que no estaba saliendo bien parada, pero se dijo que daba igual, que podría vivir con ello.

Comparada con aquel hombre tan perfecto, era imposible que una mujer normal y corriente como ella saliera bien parada.

¡Al natural era todavía más guapo que en las fotografías!

Aquello tuvo dos consecuencias: por una parte, el fastidio de pensar que no les iba a poder decir a sus amigas que no era para tanto y, por otra parte, su respuesta sexual, la que habría tenido cualquier mujer ante aquel hombre.

–¿La señorita Scarlet Smith? –preguntó Roman pues Smith era un apellido muy común. Tal vez, aquella mujer no era la que él buscaba–. ¿Sabe usted quién soy?

¿Acaso no lo sabía todo el mundo? Scarlet levantó la mirada hacia él. Tal vez, estuviera esperando a que le pidiera un autógrafo.

–Sí, me llamo Scarlet. Soy la persona con la que usted ha pedido hablar, señor O'Hagan –sonrió Scarlet con desprecio.

Después de haber hablado con él por teléfono, no le sorprendía que aquel hombre estuviera acostumbrado a que la gente lo adulara. Seguramente se enfadaría cuando no lo hacían.

Aunque se lo había prometido a David, no estaba dispuesta a aguantar aquel tipo de comportamiento con ella, así que abrió la boca para dejarle las cosas muy claras, pero en ese momento sus miradas se encontraron y Scarlet sintió que le faltaba el aire.

Desde luego, Roman O'Hagan tenía los ojos más impresionantes que Scarlet había visto en su vida. Eran marrones oscuros, como el chocolate, pero no como el chocolate con leche que a ella tanto le gustaba sino como el chocolate negro que le resultaba tan amargo.

Durante un segundo, Scarlet se quedó prendada de ellos. Luego, consiguió reaccionar y cerró la boca. A continuación, sonrió muy segura de sí misma para dejarle claro que no era una mujer tonta que babeaba en su presencia.

Lo último que quería era que la identificara con las hordas de mujeres de esas características que lo perseguían.

Salir con el rico y fotogénico Roman O'Hagan había sido el pistoletazo de salida para la carrera de muchas mujeres que hoy en día eran famosas.

Lo cierto era que viendo a aquel hombre, Scarlet empezó a entender que no habría sido para ellas ningún sacrificio estar con él.

Aquel hombre tenía poder, dinero y elegancia y Scarlet empezó a preguntarse si no sería muy diferente de aquellas mujeres que se dejaban atrapar por su posición social.

«¡No es su posición social lo que a mí me excita!», pensó.

Decidiendo que no era el momento de seguir pensando en aquello, se centró en su problema más inmediato. Tras pensárselo un momento, decidió no estrecharle la mano porque Roman no parecía muy dispuesto a aceptar su gesto y no quería quedar como una tonta.

–¿Qué tal está su madre? Espero que se encuentre mejor –le dijo sinceramente.

–Está mucho mejor, gracias, y no estoy contemplando la posibilidad de una acción legal inmediata.

–Me alegro de oír eso porque le aseguro que no tengo nada material que le pueda interesar –le aseguró Scarlet convencida de que tenía ante sí a un empresario sin escrúpulos.

Roman la miró con interés pensando que aquélla se parecía mucho más a la mujer con la que había hablado por teléfono.

–¿Le interesan los negocios? Yo he estudiado

un MBA en Harvard. ¿Dónde ha estudiado usted?

–En la London School of Economics –contestó Scarlet.

–¿Me está usted diciendo en serio que tiene un máster en administración de empresas? –preguntó Roman sorprendido.

Aquel hombre tenía una perfecta nariz griega especialmente diseñada para mirar a los demás mortales por encima del hombro y a Scarlet le entraron ganas de darle un puñetazo.

Como la violencia física no entraba dentro de sus tácticas, decidió que recurriría al sarcasmo.

–Sí, así es, pero no suelo alardear de ello, no me gusta ser pretenciosa –contestó mirándolo con falsa inocencia–. ¿No le parece a usted que, si se hace algo así, los demás pueden pensar que tenemos un problema de autoestima?

Al verlo quedarse estupefacto durante un instante, Scarlet sintió una inmensa satisfacción.

–Dudo mucho que nadie vaya a creer que carece usted de autoestima –contestó Roman sinceramente.

Scarlet sonrió.

–Gracias.

–No sé si me he equivocado en algo, pero yo creía que trabajaba usted en la guardería.

–Efectivamente, me ocupo de los niños –contestó Scarlet con orgullo.

–¿No está usted algo sobrecualificada para ese trabajo?

Scarlet se dio cuenta de que Roman se había quedado a un paso de llamarla mentirosa, pero consiguió controlarse para no darle una lista de referencias que confirmaran sus títulos y su buen hacer en su anterior trabajo.

–Lo cierto es que estaba infracualificada –le explicó con calma–. Dejé mi anterior trabajo porque quería buscar algo que me diera satisfacción personal.

–¡Vaya! –sonrió Roman–. Siempre me ha parecido que no es ninguna vergüenza admitir que uno no puede con lo que se le viene encima.

A Scarlet le dolían los músculos de las mejillas de tanto sonreír.

–No tiene usted ni idea de cuánto significa para mí su opinión.

–Empiezo a hacérmela –contestó Roman con sequedad–. Me han dicho que se ha portado usted muy bien con mi madre.

–Es fácil portarse bien con ella porque es una persona muy agradable –contestó Scarlet mordiéndose la lengua para no insultarlo.

Roman enarcó una ceja.

–Su madre es una mujer realmente agradable –insistió Scarlet.

Le había prometido a David que se iba a comportar, así que decidió controlarse.

–Me ha hablado muy bien de usted.

–En realidad, no he hecho nada –contestó Scarlet con modestia–. Ni siquiera he llamado a una ambulancia –añadió con ironía.

–Es normal, hay mucha gente que se queda bloqueada por el pánico en situaciones así.

–Le agradezco mucho que me comprenda, pero…

–Mi secretaria temía que la hubiera hecho llorar.

–Pero –insistió Scarlet–, ¡yo no me he dejado llevar por el pánico! –anunció levantando el mentón en actitud desafiante–. ¿Llorar yo? Por supuesto que no –añadió insultada por aquella sugerencia.

–Me alegro mucho de oírlo –contestó Roman viendo que se había ruborizada de indignación–. Entonces, ¿sigue defendiendo lo que hizo?

–Admito que debería haber llamado a un médico –contestó Scarlet–, pero no lo hice no porque me haya dejado llevar por el pánico sino porque me di cuenta de... ¿quiere usted presentar una queja oficial? Se lo digo porque, si es así, debería hablar con otra persona que no soy yo.

–Esto no es una queja oficial ni de ningún otro tipo.

–Entonces, ¿ha venido usted a pedirme perdón por lo maleducado que ha sido conmigo? –sugirió Scarlet con inocencia.

–No se pase de lista –contestó Roman mirándola con dureza.

Scarlet se encogió de hombros, pero tuvo que frotarse los brazos para quitarse la carne de gallina que su voz le había provocado.

Era obvio que a Roman O'Hagan le gustaba

pelear y le gustaba, todavía más, ganar. También era evidente que estaba acostumbrado a ganar pues era un hombre increíblemente inteligente.

–Le ha caído usted muy bien a mi madre –dijo Roman retomando el tema que le interesaba–. En realidad, usted y su... ¿hija?

–Hijo.

–Eso.

Scarlet se dio cuenta de que a Roman no le podría interesar menos todo aquello. Era obvio que lo estaba haciendo por obligación y aquello la indignó.

–Sam –le dijo.

Roman se dio cuenta de que, al pronunciar el nombre de su hijo, se le habían suavizado los rasgos faciales.

«No es tan fea, la verdad», pensó.

Inmediatamente, se recordó a sí mismo que no había ido allí para ligar con ella sino para convencer a su madre de que no tenía ningún nieto al que no conociera.

–Mi madre estaba preocupada por si Sam se había asustado al verla desmayarse.

–No se lo ha tomado de manera personal –contestó Scarlet.

Roman no respondió. Aquello era terrible. Aquel hombre sólo tenía dos maneras de actuar: el silencio o un horrible sarcasmo. ¡Desde luego, no era un buen conversador! Claro que todo el mundo sabía que lo que gustaba a las mujeres de él era algo mucho más primitivo.

–Dígale que Sam está bien –añadió rezando para que todo aquello terminara pronto.

Scarlet deslizó la mirada disimuladamente hacia el reloj y vio que faltaban diez minutos para la hora de comer, uno de los momentos cruciales de su rutina en la guardería. Cuando levantó la mirada, vio que Roman la miraba con interés.

–Perdón, pero me tengo que ir –le explicó.

–¿La estoy aburriendo o debería haber concertado una cita?

–Lo cierto es que, si hubiera sabido que quería usted hablar conmigo, le habría dicho que hoy no me venía muy bien –contestó Scarlet con sequedad–. Ya me imagino que mi tiempo no es tan valioso como el suyo...

¿Qué le estaba sucediendo? Le había prometido a David que sería agradable con aquel hombre. Lo único que tenía que hacer era cerrar la boca.

–Lo cierto es que no quiero entretenerlo más, pero le aseguro que ha sido un auténtico placer conocerlo –concluyó preguntándose si con eso bastaría.

–Menos mal que ha sido un placer –contestó Roman divertido.

«Qué vergüenza», pensó Scarlet.

–Siento mucho que no le viniera bien hablar conmigo en estos momentos, pero el vicerrector me ha dicho que no había ningún problema.

–Claro, ¿qué le iba a decir teniendo en cuenta lo influyente y rico que es usted? –se burló Scarlet sin poder evitarlo–. Perdón –se disculpó dándose cuenta de que había sido una maleducada.

–No pasa nada –contestó Roman divertido.

«David me va a matar», se dijo Scarlet pasándose las manos por el rostro.

–Tengo la impresión de que tiene usted un mal día –observó Roman.

–¿Por qué lo dice?

Al oír la risa de Roman, Scarlet lo miró a los ojos y se sorprendió al ver una atractiva sonrisa en él que le recordó, durante unas décimas de segundo, a Sam. Aquello hizo que pensara que, tal vez, después de todo aquel hombre no fuera el monstruo que parecía.

–Sí se comporta usted así siempre con las visitas, tendré que hablar con el vicerrector para que le baje el sueldo.

–Le aseguró que me gano el sueldo que me pagan, sobre todo hoy.

–¿Qué ha ocurrido para que hoy se convirtiera en un mal día?

–Usted... bueno, no sólo usted –contestó Scarlet haciendo una mueca de disgusto–. No me refiero a usted personalmente. Lo que ocurre es que no me gusta dejar mi puesto de trabajo y, además, tengo que cubrir a un par de empleadas que están de baja por enfermedad.

–¿Y qué ocurre si enferma usted?

–No, yo nunca me pongo enferma.

La seriedad con la que lo había dicho hizo que Roman la mirara incrédulo.

–¿No le da miedo tentar a la suerte?

–No soy supersticiosa –le aseguró.

–¿Nunca se ha echado sal por encima del hombro o ha cruzado los dedos?

–Por supuesto que no.

–Yo creo que, en el fondo, todos somos supersticiosos. Forma parte de la naturaleza humana.

–¿Usted es supersticioso? –preguntó Scarlet con incredulidad.

–Mi padre es irlandés y mi madre italiana, así que, ¿qué le vamos a hacer? No he tenido opción.

–Por cierto, me alegro realmente de que su madre se encuentre mejor.

–Pero tiene que irse.

–Así es –contestó Scarlet.

–¿Le gustaría que continuáramos esta conversación durante la comida?

–¿Durante la comida? –repitió Scarlet como un loro.

Se dio cuenta de que le fallaban las piernas y de que un impresionante calor se había extendido por todo su cuerpo y se dijo que todo aquello era culpa de las hormonas porque tenía ante sí a un hombre atractivo, pero eso era todo. No había necesidad de complicar las cosas.

–Sí, podemos quedar para comer –insistió Roman–. Y tráigase a su hijo.

–¡Por supuesto que no!

Roman la miró con los ojos muy abiertos. Lo

cierto era que estaba acostumbrado a que las mujeres corrieran detrás de él y que aquélla se negara con tanta vehemencia a comer con él lo había pillado por sorpresa.

–Desde luego, si quiero que me bajen el ego, ya sé dónde venir.

–De verdad, muchas gracias por la invitación, pero no puede ser –se disculpó Scarlet–. Tenemos a varias compañeras de baja, hoy andamos muy mal de personal.

–De no ser así, habría aceptado encantada, ¿verdad? –se burló Roman.

Scarlet comenzó a ponerse realmente nerviosa y se dio cuenta de que tenía los pezones erectos y un hormigueo entre las piernas.

–Perdone, pero me tengo que ir –anunció.

–¿Comemos otro día? –insistió Roman.

Scarlet lo miró, sorprendida.

–Sí, lo que usted quiera... –murmuró saliendo por la puerta a toda velocidad.

Scarlet se chocó con David nada más salir de su despacho y sospechó que la estaba esperando.

–¿Adónde vas con tanta prisa? –le preguntó poniéndole las manos en los hombros–. Ni que te persiguiera el diablo.

Después de lo que le acababa de ocurrir, aquélla era una descripción muy acertada.

–Les dije a las chicas que no tardaría mucho en volver para ayudarlas con las comidas.

–¿Qué tal ha ido?

–¿Con el señor O'Hagan? Bien, muy bien.

David la miró y gimió.

–Madre mía, qué mal mientes. Nunca has sabido mentir. ¿Qué has hecho?

–No he dicho nada.

–Pero has dicho algo.

–Por supuesto que sí –se defendió Scarlet–. No me gustan los ligones –añadió aun a sabiendas de que aquello era un prejuicio y una señal de intolerancia.

–Te voy a decir una cosa. Este hombre que tú tienes por un ligón encuentra tiempo en su apretado horario como director de una empresa internacional para ayudar a nuestros estudiantes con menos recursos económicos.

Scarlet lo miró con la boca abierta.

–¿Estás de broma? –dijo tragando saliva–. Oh, Dios mío, me siento fatal...

–Lo has juzgado sin conocerlo.

–Sí –admitió Scarlet.

–¿Tanto te cuesta aceptar que ese hombre actúe de manera altruista?

–No –contestó Scarlet sinceramente.

El problema no era Roman O'Hagan como persona sino el tipo de gente a la que representaba.

Scarlet no juzgaba a nadie por su belleza física, su acento ni su cuenta bancaria, pero cuando se trataba de gente que vivía para aparentar se mostraba intolerante. No estaba orgullosa de ello, pero no podía remediarlo.

Los conocía bien. Su hermana había sido miembro de su exclusivo club y ¿cuántos de ellos habían ido a verla al hospital cuando Abby se quedó calva por la quimioterapia? Scarlet había llamado a todos los amigos de su hermana cuyos teléfonos había encontrado en su agenda y les había explicado la situación pidiéndoles que fueran a verla para alegrarla un poco, pero todos habían dicho que estaban ocupados.

Cuando las cosas se ponían feas, los Roman O'Hagan de este mundo desaparecían en sus coches lujosos.

–El señor O'Hagan insistió mucho en que no se supiera que donaba dinero para esas becas –le explicó David–. Por lo que a mí respecta, es un hombre único.

–¿Y no será por un tema de impuestos? –dijo Scarlet en absoluto convencida.

–¿Y no será que es un hombre muy modesto y generoso? –contestó David.

Capítulo 5

SCARLET bajó las persianas de la mampara de cristal y se quitó el vestido saco que le habían prestado, lo dobló y lo dejó sobre el respaldo de una silla.

Un bebé le había vomitado encima y no había tenido más remedio que cambiarse de ropa. Se preguntó qué habría pasado si a su encuentro con Roman O'Hagan hubiera ido mejor vestida.

Mientras sacaba de la bolsa la ropa limpia que acababa de llegar de la tintorería de la universidad, se dijo que aquella especulación no tenía razón de ser.

Nunca le había gustado recrearse en los malos ratos, así que decidió dejar de pensar en aquella traumática y humillante entrevista que acababa de soportar.

Se puso los pantalones e intentó estirar la camiseta, que había encogido por lo menos dos tallas al haberla lavado con agua caliente. Lo peor era cómo había quedado el sujetador, completamente inservible.

Mientras se ponía la camiseta con grandes esfuerzos, oyó que llamaban a la puerta.

–Pasa, Angie –saludó–. Te quería pedir un favor. ¿Podrías sustituir a Bárbara mañana por la mañana?

Roman entró en el despacho de Scarlet con un gran oso de peluche, regalo que le había sugerido Alice.

Había decidido llevar aquella farsa hasta el final para darle gusto a su madre. Tenía que ver al hijo de Scarlet como fuera para poder asegurarle a Natalia que ni la madre ni el niño tenía nada que ver con él.

–Te lo agradecería mucho –añadió Scarlet, que seguía creyendo que estaba hablando con Angie–. Espera un momento, me han encogido la camiseta y no te puedes imaginar lo mal que lo estoy pasando para ponérmela –añadió consiguiendo pasar un brazo por la manga–. Podría haber sido peor, ¿sabes? El sujetador ha ido directamente a la basura. Ésta es una de las pocas veces que estar plana tiene sus ventajas –concluyó riéndose mientras se terminaba de poner la camiseta sobre sus pequeños y puntiagudos pechos.

Roman estaba encantado con lo que estaba viendo, así que no le importó esperar un momento, tal y como ella le había pedido.

Scarlet estaba de espaldas a él, así que veía un precioso dorso rematado por unas firmes nalgas.

Aquello hizo que no pudiera evitar excitarse.

Cuando la había visto ataviada con aquel vestido saco, había creído que Scarlet Smith tenía un cuerpo sin curvas, pero ahora se daba cuenta de que tenía un cuerpo de lo más sensual.

Ahora sí que lo tenía claro. Era imposible que tuviera un hijo con aquella mujer porque jamás lo habría olvidado si se hubiera acostado con ella.

Scarlet se giró y, al ver quién había entrado en su despacho, se le borró la sonrisa del rostro.

–¡Usted! –exclamó.

–Es increíble –contestó él sorprendido.

Scarlet tanteó con manos temblorosas la mesa en busca de sus gafas. Cuando las encontró, se las puso y, al ver aquel rostro tan bello, estuvo a punto de volver a quitárselas.

Roman frunció el ceño.

–Esas gafas son demasiado grandes y pesadas para usted –le dijo.

–Ya lo sé, pero hace cinco años estaban de moda –sonrió Scarlet–. Estoy deseando librarme de ellas, pero de momento no puedo.

–¿Por qué?

–El médico me ha dicho que no puedo volver a utilizar las lentillas hasta que la lesión que tengo en la córnea se cure.

–¿Tiene usted una lesión en la córnea?

–Sí, en el ojo derecho. Fue un accidente sin importancia. Un bebé me golpeó con un sonajero –le explicó Scarlet.

–Podría haberse quedado tuerta –se preocupó Roman.

–No sea usted exagerado...

–No exagero, sólo tenemos dos ojos y hay que cuidarlos –le reprochó Roman.

«Como lo dice, cualquiera diría que lo hice aposta», pensó Scarlet.

–Le aseguro que me gustan mis ojos.

–Estoy seguro de que así es y de que a mucha gente también le gustan porque lo cierto es que tiene usted unos ojos preciosos... como todo lo demás.

Scarlet se quedó petrificada, pero, al darse cuenta de dónde le estaba mirando, se puso los brazos sobre el pecho.

Roman la estaba mirando intensamente, pero no hablaba y Scarlet pensó que, si seguía así mucho más tiempo, se iba a desmayar.

–¡Cualquiera diría que no ha visto usted a una mujer sin camiseta antes!

«Y por cómo me estoy comportando yo, cualquiera diría que nunca antes me ha mirado un hombre», se reprochó a sí misma.

Lo cierto era que la atenta mirada de Roman había hecho que se le endurecieran los pezones y era realmente humillante no poder controlar la reacción de su cuerpo.

Roman ser rió y la volvió a mirar a la cara.

–Perdón, pero no esperaba encontrármela medio desnuda –se disculpó volviéndola a examinar y tomando aire con fuerza tras hacerlo–. Lo cierto, es que está usted diferente... está usted mejor –añadió sinceramente–. No quería hacerla pasar un mal rato.

–Qué raro, porque a mí me ha dado la impresión de que se lo estaba pasando en grande haciéndome pasar un mal rato.

–¿Juega usted al ajedrez?

–¿Perdón?

–¿Juega usted al ajedrez? –repitió Roman.

Scarlet asintió confusa.

–Es usted de esas personas que ganan con estilo o pierden dramáticamente.

–¿Cómo puede usted saber eso?

–Toma usted riesgos y confía en la inspiración. Jugar con una persona impredecible es siempre divertido –observó–. Quizás, podríamos jugar algún día...

¿Jugar con Roman O'Hagan?

–En caso de que se esté usted preguntando qué he visto cuando he entrado, le aseguro que no he visto nada.

Scarlet estaba prácticamente segura de que mentía.

–No se preocupe, no me da vergüenza –le contestó.

–¿Por qué iba a sentirse usted avergonzada? Después de todo, los dos somos adultos... tenemos edad más que suficiente para consentir.

La manera en la que había dicho aquello último, hizo que Scarlet sintiera un escalofrío por la espalda.

–Lo que pasa es que no esperaba verlo en mi despacho. Me he sorprendido.

Lo cierto era que si hubiera sido cualquier

otro hombre, por ejemplo Jimmy, el de correos, el que hubiera entrado cuando se estaba cambiando, Scarlet le habría visto la parte graciosa a la situación.

En aquellos momentos, no le veía la gracia por ninguna parte.

–Si le sirve de consuelo, yo también me he sorprendido –respondió Roman.

–Creí que era usted otra persona... una compañera.

–¿Prefiere que salga y vuelva a entrar? –se ofreció Roman.

–No diga tonterías –le espetó Scarlet–. ¿En qué le puedo ayudar?

Roman cruzó la habitación en dirección a ella y Scarlet lo observó mientras sentaba al oso de peluche en la silla que había frente a su mesa. Era un oso de peluche enorme, pero ella había estado tan pendiente de Roman que no había reparado en el juguete.

Roman la volvió a mirar y se pasó los dedos por el pelo.

–¿Todo esto es por la conversación telefónica que mantuvimos ayer? –le preguntó.

–No se a qué se refiere –contestó Scarlet.

–Parece que no le caigo bien.

–Supongo que habrá venido por algo en particular, señor O'Hagan.

–¿Por qué me da la sensación de que no soporta estar en la misma habitación que yo?

–No quiero ser maleducada, señor O'Hagan,

pero tengo prisa, de verdad. Admito que antes estuvo usted horrible, pero no me sorprendió porque me esperaba algo así de alguien como usted.

–¿Aparte de amenazar con demandarla, qué le he hecho? –quiso saber Roman frunciendo el ceño.

«¿Además de desnudarme con la mirada?», se preguntó Scarlet.

En cualquier caso, suponía que trataba así a todas las mujeres pues parecía muy seguro de sí mismo. ¡Sobre todo, si la mujer que tenía ante sí llevaba una camiseta apretada sin sujetador!

–Nada –contestó con poca convicción–. Le agradecería que me dijera para qué ha venido exactamente porque me tengo que ir.

–No entiendo qué he hecho para ofenderla teniendo en cuenta que no nos conocíamos de nada –insistió Roman como si Scarlet no hubiera hablado–. Puede que, tal vez, ahora que lo pienso, nos hayamos conocido pero yo no me haya dado cuenta porque iría usted vestida de otra manera. La prefiero vestida como ahora.

–Oh, eso –rió Scarlet incómoda ante su escrutinio–. Un bebé me ha vomitado encima –le explicó nerviosa–. Siempre tengo ropa limpia aquí, pero hoy no. Ya sabe, cuando más necesitas algo... las chicas me han prestado cosas que les sobraban hasta que me han traído mi ropa de la tintorería.

Roman O'Hagan sonrió y Scarlet sintió que le faltaba el aire.

–Desde luego, ha tenido usted un mal día.

–No tiene gracia –le dijo mirándolo con dureza.

–No, pero tampoco es una tragedia.

–¿Sugiere usted que no sé reírme de mí misma? –le preguntó Scarlet indignada–. Si es así, permítame que le diga que tengo mucho sentido del humor... –añadió mirándolo a los ojos–... normalmente.

Scarlet no sabía por qué se estaba comportando así. No era una persona agresiva por naturaleza sino una persona equilibrada, pero había algo en aquel hombre que la sacaba de quicio.

–¿Puedo hacer algo por usted? –repitió.

–Me lo había dejado en el coche –contestó Roman señalando al oso–. Es un regalo de mi madre para su hijo.

–Muchas gracias.

–Me gustaría dárselo en persona.

Scarlet intentó pensar en una excusa, pero no se le ocurrió ninguna.

–Está en la sala de juegos –contestó–. Lo acompaño –se ofreció molesta por tener que hacerlo.

Antes de salir de su despacho, se puso la cazadora vaquera que tenía colgada detrás de la puerta.

–Tengo frío –le explicó.

Capítulo 6

LA SALA de juegos, normalmente sumida en un caos organizado, estaba inusualmente tranquila cuando entraron. Los niños más pequeños estaban sentados en el suelo escuchando absortos el cuento que les estaba contando Angie.

La cuidadora se calló cuando entraron y se le pusieron los ojos como platos al identificar al hombre que acompañaba a Scarlet.

–Niños, tenemos una visita –anunció poniéndose en pie.

«Ni que fuera un príncipe», pensó Scarlet.

–Roman O'Hagan –se presentó Roman extendiendo la mano hacia Angie, que la aceptó, en opinión de Scarlet, con demasiado entusiasmo.

–Sé perfectamente quién es usted –contestó Angie con una gran sonrisa–. Ayer mismo estuvimos viendo fotografías suyas en el estreno de una película en una revista que tenía Scarlet.

«Muchas gracias, Angie. Ahora, va a pensar que soy una de sus admiradoras secretas».

–¿Ah, sí? No me acuerdo.

Roman la miró con la ceja enarcada y ella le devolvió la mirada con agresividad.

–¿Cómo que no? Te guardaste la revista en el cajón, Scarlet.

–Sí, pero eso fue porque me interesaban las recetas –contestó Scarlet con frialdad–. Me apetece hacer el risotto.

–Pero si tú no tienes ni idea de cocinar –contestó Angie–. Come todo lo que quiere y nunca engorda –añadió en tono confidencial mirando a Roman–. Yo, sin embargo, engordo con sólo mirar la comida.

–Las mujeres con curvas también son atractivas –la tranquilizó Roman.

–Eso es lo que dice mi Bob.

Scarlet no se podía creer que su vieja amiga estuviera coqueteando con Roman O'Hagan, pero eso era exactamente lo que estaba haciendo.

–Angie, creo que sería mejor que siguieras con el cuento porque los niños están empezando a alborotar.

«Vivan los niños alborotadores».

–¡Timothy Jones, no le tires del pelo a Bethany! –le dijo Angie a un niño acudiendo en rescate de la pequeña.

–Ha empezado ella –se defendió el pequeño.

–Si no te importa, me voy a llevar a Sam –le dio Scarlet a Angie.

–No hay problema. Sam, vete con tu mamá. Niños, despedíos del señor O'Hagan y dadles las gracias por el regalo. ¿Verdad que es una maravilla?

Scarlet tuvo la sensación de que no lo decía por el oso de peluche, al que ni siquiera estaba mirando, sino por Roman.

Roman tenían dos opciones en aquel momento: decirles a los niños que aquel oso de peluche no era para ellos o entregárselo.

Se le entregó.

–No se preocupe, Sam está acostumbrado a compartirlo todo, ¿verdad, cariño? –sonrió Scarlet tomando a su hijo de la mano.

Sam, que estaba mirando al hombre que acompañaba a su madre con los ojos muy abiertos, no contestó.

–Dile hola al señor O'Hagan –le dijo–. Normalmente, no es tan callado –añadió inclinándose para hablarle a su hijo al oído–. Dile hola al señor O'Hagan, cariño.

–Hola –dijo Sam mirándose la punta de los zapatos.

Cuando Sam levantó la cara hacia Roman O'Hagan, Scarlet lo estaba mirando y no pudo comprender por qué aquel hombre se quedaba pálido como la pared.

–Hola, Sam –contestó Roman con voz tan calmada que Scarlet se dijo que debían de haber sido imaginaciones suyas–. ¿Te gustan los osos de peluche? –añadió tocándole el pelo al niño.

–Sí, pero yo ya soy mayor y prefiero los balones de fútbol.

–Lo recordaré –prometió Roman.

–Cuando sea mayor, voy a ser jugador de fútbol.

–¿Ah, sí?

–¿Eres amigo de mi mamá?

Roman miró a Scarlet.

–Sí, Sam, así que nos veremos a menudo –sonrió.

Scarlet se mordió la lengua hasta que estuvieron a solas en el pasillo.

–¿Por qué demonios le ha dicho que es amigo mío? –le espetó enfadada–. Aunque sólo tiene tres años, se acuerda de las cosas.

–Me alegro. Así, no se sorprenderá cuando me vuelva a ver.

–No creo que mi hijo lo vuelva a ver ni yo, tampoco. Para ser sincera, señor O'Hagan, no me gusta usted demasiado.

–Lo cierto es, señorita Smith, que usted tampoco es santo de mi devoción, pero le aseguro que nos vamos a seguir viviendo.

Mientras Roman se alejaba por el pasillo, Scarlet se quedó mirándolo estupefacta. ¿Por qué se comportaba aquel hombre de una manera tan extraña?

Capítulo 7

SAM se había quedado a dormir aquel viernes en casa de Thomas, su mejor amigo. Era la segunda vez que el niño pasaba la noche fuera de casa. La primera, Scarlet no había pegado ojo por si pasaba algo y la llamaban para que fuera a recogerlo.

Llegó incluso a trazar mentalmente el trayecto más rápido a los dos hospitales de la zona por si acaso.

El teléfono no sonó en toda la noche y Sam no la echó de menos en absoluto. De hecho, se lo pasó estupendamente y no lloró ni una sola vez.

En esta ocasión, Scarlet estaba decidida a no dejarse llevar por el pánico, así que decidió que era mejor ver el lado positivo de tener unas horas para sí misma.

¡Iba a relajarse aunque fuera lo último que hiciera en la vida!

El plan era darse un buen baño de espuma y ponerse una mascarilla facial que garantizaba efectos deslumbrantes, comerse una caja de bombones y ver una película de vídeo con final feliz.

Estaba empezando a ver la película cuando llamaron al timbre.

–¡Maldita sea! –maldijo mientras paraba la película y se levantaba a abrir la puerta–. Tranquila, tranquila –se dijo mientras avanzaba por el pasillo.

Menos mal que Sam no estaba en casa porque el insistente timbre lo hubiera despertado. En ese momento, se puso a sonar el teléfono.

«Dios mío, lo sabía. No tendría que haberlo dejado ir. Con tres años, un niño debe estar en casa con su madre», pensó histérica.

Tras haber oído a un amable comercial que vendía dobles ventanas, se quedó más tranquila y se encaminó de nuevo hacia la puerta.

La persona que estuviera llamando, había decidido ignorar el timbre y usar los puños. Por eso, Scarlet abrió la puerta sin quitar la cadena de seguridad.

De todas las personas que podría haber imaginado, la última de la lista era, desde luego, Roman O'Hagan.

–¡Vaya! –exclamó Scarlet.

A continuación, tragó saliva y sintió que se le había acelerado el corazón, se le había contraído el estómago y no podía respirar con normalidad. Todo eso hizo que únicamente pudiera quedarse mirándolo fijamente.

¡Madre mía, qué guapo era aquel hombre! ¡Y el muy asqueroso lo sabía!

Roman se quitó las gafas de sol, se las guardó

en el bolsillo de la cazadora y la miró con frialdad.

Hacía diez días que no lo veía...

«¿Los he estado contando?», se preguntó Scarlet.

Era imposible que hubiera cambiado mucho desde entonces, pero parecía estar más delgado. Tal vez, fuera por la cazadora de cuero negro.

Descubrir que era difícil mantenerse enfadado con una persona que te mira inocentemente no impidió que Roman siguiera enfadado. Apretó los dientes porque sabía que bajo aquel pijama se escondía una mujer que estaba viviendo una mentira.

Aunque Scarlet no supiera que él era el padre del niño, estaba más claro que el agua que ella no era su madre.

Su hijo estaba creciendo sin un padre y aquello no había ocurrido por accidente. Roman tenía muchas preguntas y quería muchas respuestas.

Y Scarlet Smith se las iba a dar.

–¿Por qué ha tardado tanto en abrir la puerta? –gruñó–. Abra.

–Estaba hablando por teléfono –contestó Scarlet saliendo de su trance–. ¿Qué hace usted aquí? ¿No le habrá pasado algo a Sam? ¿Se han puesto los Bradley en contacto con usted?

Los padres de Thomas tenían servicio doméstico e incluso jardinero. Seguro que Roman O'-Hagan los conocía.

A Scarlet se le disparó la imaginación. Lo que

le había ocurrido a Sam era tan grave que no se habían atrevido a llamarla a ella directamente.

–¿Qué le ha pasado? Dígamelo –le ordenó diciéndose a sí misma que debía estar preparada para lo peor.

Roman se quedó mirándola fijamente. Se había quedado lívida.

–Dígamelo, por favor –insistió Scarlet.

–¿Me deja pasar?

–Sí, sí, por supuesto –contestó Scarlet quitando la cadena con manos temblorosas–. ¿Lo han llevado al hospital? –quiso saber–. ¿Qué hago? Sí, lo primero vestirme –añadió para sí misma–. No tardo ni un minuto –le dijo a Roman.

–No conozco a los Bradley –dijo él mientras Scarlet se giraba para dirigirse a su habitación.

–¿Cómo?

–Que no conozco a los Bradley de nada y, por lo que sé, Sam no está en el hospital.

–¿Pero no me acaba de decir lo contrario? –exclamó Scarlet.

–No, yo no he dicho nada. Lo ha dicho usted todo.

Scarlet se estremeció de alivio y, en un arrebato de euforia, lo abrazó.

–¡Menos mal! –exclamó.

Roman miró aquel rostro ovalado y aquellos ojos al borde de las lágrimas y se dio cuenta de que estaba perdiendo el norte. Había ido aquella noche a casa de Scarlet Smith en busca de respuestas, no para fantasear con su boca.

Al ver que la miraba con frialdad, Scarlet se dio cuenta de que no tenía ante sí a una persona proclive a abrazar a desconocidos. Sintiéndose como una idiota, se apartó.

–Perdón.

Tuvo que contenerse para no pasarle las manos por delante de la cazadora para alisar ciertas arrugas imaginarias. Al darse cuenta de ello, se percató de que le había gustado sobremanera apretarse contra aquel físico masculino tan maravilloso.

–Creía que le había pasado algo a Sam y he perdido los nervios –le explicó–. En cualquier caso, ¿por qué no me ha dicho desde el principio que no conocía a los Bradley?

–Porque quería hablar con usted y temía que no me dejara pasar –confesó Roman.

Scarlet lo miró fijamente.

–Quería entrar –musitó–. Quería entrar como fuese.

Sólo una persona realmente fría podría hacer algo tan cruel.

–Necesito hablar con usted.

–¡Qué bien! –gritó Scarlet.

–Cálmese.

–¿Cómo tiene la caradura de decirme que me calme después de lo que me ha hecho? ¡Ha sido espantoso por su parte!

Aquello no hacía sino reafirmarla en su creencia de que Roman O'Hagan era de ese tipo de personas que siempre consiguen lo que quieren y a las que no les importa quién caiga por el camino.

–¡Me da usted asco! ¡Salga de mi casa inmediatamente!

–Me parece que está usted exagerando –contestó Roman.

Scarlet lo miró con los ojos verdes en llamas.

–¿Exagerando? –repitió Scarlet al borde de las lágrimas–. Sí, puede que sí, pero es que… creía que Sam… Es la segunda vez que duerme fuera de casa… Si tuviera usted hijos, me comprendería.

Roman la miró de una manera que Scarlet no pudo identificar.

–Quiero hablar con usted.

Scarlet se dio cuenta de que no le iba a decir nada agradable.

–Seguramente, le tendría que dar gracias al cielo por ello, pero no lo voy a hacer –contestó yendo hacia la puerta y abriéndola–. No quiero hablar con usted, señor O'Hagan. Por cierto, tiene usted razón. Jamás le habría dejado entrar.

¿Por qué lo iba a hacer? Dejar entrar en tu casa a alguien volátil y peligroso eran ganas de buscarse problemas. Todo en él indicaba que se estaba controlando para no estallar y que no iba a aguantar mucho más.

–Si tiene algo que ver con la universidad, vaya usted a hablar con David.

–¿Con la universidad? ¿Por qué iba a venir a verla para hablar de la universidad?

–No lo sé, la verdad, pero no se me ocurre otra razón para que se presente en mi casa un viernes por la noche.

Lo cierto era que, al verlo, Scarlet había albergado la absurda esperanza de que fuera porque había pasado diez días horribles sin poder dejar de pensar en ella.

De todos era sabido que a ciertos hombres les gustan las mujeres sin pecho y con gafas. No eran muchos, pero los había y ya que una se ponía a fantasear había que hacerlo bien, ¿no?

Roman avanzó hacia ella y Scarlet creyó que se iba a ir, pero lo que hizo fue cerrar la puerta con decisión.

–Siento mucho haberla asustado –se disculpó viendo que Scarlet se tocaba el hombro–. ¿Le he hecho daño?

–¿Le importaría de haber sido así? –se burló Scarlet–. Por favor, es obvio que le encanta hacerse el duro delante de las mujeres, así que no me diga que lo siente porque no es verdad.

–Usted hace que sea muy difícil disculparse –dijo Roman mirándola con frialdad.

–Mire, está claro que no nos caemos bien mutuamente, así que no tengo ni idea de por qué ha venido usted a mi casa, pero tampoco lo quiero saber –dijo Scarlet abriendo la puerta de nuevo–. Si no le importa, prefiero que se vaya. Es tarde y tengo cosas que hacer.

Roman sonrió con malicia.

–Esta noche no va a dormir…

Scarlet se estremeció de pies a cabeza ante la idea de acostarse con aquel hombre.

–Siente curiosidad por saber por qué he venido a su casa y no va a poder dormir –le aclaró.

Scarlet suspiró aliviada al comprobar que Roman no se había dado cuenta de lo excitada que estaba. Por un momento, había tenido la certeza de que sabía de la existencia de los sueños que la habían despertado varias noches seguidas.

Sueños eróticos.

«Angie siempre me dice que no debería ser tan introvertida», pensó.

Tal vez, su amiga tuviera razón. Tal vez, por eso había tenido esos sueños y no podía dejar de pensar en él.

–Ya le he dicho que estoy ocupada.

–Pues dígale que se vaya porque yo no me pienso ir –contestó Roman.

Aunque Roman no sabía mucho sobre niños, sabía perfectamente que una madre soltera con varios novios no era el ambiente idóneo para criar a un niño y, menos, a su hijo.

–¿A quién se refiere? –preguntó Scarlet muriéndose porque aquel hombre la tocara.

Roman tragó saliva y la miró con dureza.

–A quien quiera que esté con usted.

–¿Cómo dice? –dijo Scarlet cerrando la puerta porque acababan de salir unos vecinos y no quería que toda la comunidad se enterara de su vida privada.

Roman la miró con impaciencia y se dirigió a

la puerta de su habitación. Antes de que a Scarlet le diera tiempo de cortarle el paso, la abrió con tanta fuerza que se estrelló contra la pared.

–¡No entre!

Ignorándola, Roman entró en la habitación.

–¿Qué demonios hace? –le espetó Scarlet mirándolo furiosa.

«Roman O'Hagan en mi habitación... ¡Toma fantasía!»

Cuando Roman descubrió que en la cama de Scarlet no había ningún hombre sino una pila de ropa limpia esperando ser guardada, no se relajó en absoluto.

–¿Dónde está?

–¿Quién? –contestó Scarlet.

Al darse cuenta del comportamiento de Roman, no pudo evitar que el deseo sexual se apoderara de ella.

–No se haga la inocente conmigo. No es asunto mío con quién se acueste –añadió dándose cuenta de que su comportamiento sugería exactamente lo contrario.

Cualquiera hubiera dicho que era la pareja a la que Scarlet estaba engañando con otro hombre.

Al comprender la situación, Scarlet lo miró con los ojos muy abiertos.

–¿Se creía que...? –rió.

No sabía qué le hacía más gracia: Roman O'-Hagan, aquel hombre que probablemente se había acostado con todas las mujeres del mundo enfadándose porque ella estuviera en casa con un hombre o la idea de pasar una noche de placer.

Y, además, con aquel pijama. Scarlet se miró y estalló en carcajadas.

–¿Le parece gracioso? –exclamó Roman.

–No, no me parece gracioso –contestó Scarlet–. ¡Me parece desternillante!

Entre hacerse cargo de Sam y el trabajo, no le quedaba mucho tiempo para aventuras románticas. Salir con un hombre cuando se es madre soltera no era sencillo, así que Scarlet había terminado por decidir que no merecía la pena ni siquiera intentarlo.

–¿Ha estado usted bebiendo?

–No –le aseguró Roman apretando los dientes.

–¿Le importaría salir de mi habitación? Aquí sólo se entra con invitación y usted no la tiene –se burló Scarlet.

–No sé si voy a poder soportarlo –contestó Roman haciéndole enfadar.

–¡No podría soportarlo si supiera usted lo que se pierde! –le espetó.

–Si eso ha sido una invitación, la declino –contestó Roman.

–No, no ha sido una invitación.

–¿Está usted sola?

–No es asunto suyo.

Roman suspiró exasperado.

–¿Es usted incapaz de responder a una sencilla pregunta?

–No pienso contestar a ninguna de sus preguntas –le aseguró Scarlet.

Roman la observó y decidió cambiar de táctica.

–Podríamos seguir hablando en el salón si lo prefiere

–Lo que yo prefiero es que se vaya –contestó Scarlet.

–Son las siete y media –observó Roman–. ¿Por qué está ya con el pijama puesto?

–Ah, porque siempre me pongo este pijama cuando voy a tener compañía y sé que va a haber una noche de lujuria –contestó Scarlet con sarcasmo.

–Entonces, ¿está sola?

–Lo estaba –contestó Scarlet con sequedad.

Roman miró a su alrededor y se fijó en la pantalla del televisor con una imagen de una película congelada, en la caja de bombones y en una copa de vino que había sobre la mesa.

–¿Dónde está Sam?

–Durmiendo en casa de un amigo, en casa de los Bradley –contestó Scarlet–. Menos mal.

–¿Por qué dice eso?

–Porque a los niños de tres años no les gusta mucho que los despierten.

–Ah, no lo había pensado.

–¿Piensa usted alguna vez en algo o en alguien que no sea usted mismo o lo que quiere conseguir? Ahora entiendo por qué es usted un empresario de éxito.

–Sé que usted no es la madre de Sam.

Scarlet lo miró confusa.

–No soy su madre biológica –admitió.

–¿No me va a preguntar cómo lo sé? –preguntó Roman sorprendido ante la calma de aquella mujer.

Scarlet se encogió de hombros. No parecía sentirse culpable en absoluto, tal y como Roman había esperado.

–Supongo que se lo habrá dicho alguien. ¿Se lo ha dicho David quizás?

–¿David?

–El vicerrector.

–¿Llama David el vicerrector?

–Por supuesto. Fue al colegio con mi tío y lo conozco desde que nací, así que lo llamo David.

–¿Y él sabe que Sam no es su hijo?

–No es ningún secreto. Todo el mundo lo sabe. ¿Por qué?

–Entonces, ¿quién es la madre de Sam?

–Sam era hijo de mi hermana Abby.

Capítulo 8

ROMAN lo comprendió todo al instante. De todas las posibilidades que se le habían ocurrido, que habían sido muchas, aquélla no se le había pasado por la cabeza.

Las personas a las que solía contratar en ocasiones delicadas como aquélla eran discretas y eficientes. Podría haber obtenido en pocas horas la información que Scarlet le acababa de dar, pero había preferido seguir un camino mucho más tortuoso.

Se había hecho unas pruebas de ADN para que las compararan con el pelo que le había arrancado a Sam. No quería que se enterara más gente de la estrictamente necesaria de que estaba intentando averiguar si tenía un hijo.

Ahora, debía enfrentarse a sí mismo y admitirse que estaba buscando un culpable. Más bien, una culpable. Quería tener a alguien a quien echarle la culpa de lo que estaba sucediendo y Scarlet Smith era la víctima perfecta.

–¿Era? –preguntó.

Scarlet sintió que, como siempre que hablaba de su hermana, se le saltaban las lágrimas.

Maldición. No quería llorar delante de él.

–Tome, beba –le dijo Roman pasándole la copa de vino.

Scarlet la aceptó.

–¿Su hermana ha muerto?

Scarlet asintió.

–Lo siento.

–No lo sienta. No la conocía de nada.

Roman la miró de una manera que Scarlet no supo describir, pero que había desaparecido de su rostro cuando volvió de tomar una copa limpia del aparador para servirse un vino.

–Le advierto que es del supermercado.

Roman la miró con intensidad y tomó aire.

–Será mejor que se siente –le indicó.

–Normalmente, cuando te dicen eso es porque te van a dar una mala noticia.

Roman no lo negó.

Scarlet se sentó en el sofá con preocupación.

–Me parece que sería mejor que usted también se sentara porque no tiene muy buen aspecto –le aconsejó con el ceño fruncido.

Era cierto. Roman estaba algo pálido y tenía marcadas las arrugas en torno a la boca y a los ojos.

Aun así, seguía siendo increíblemente guapo.

Roman acabó sentándose junto al televisor.

–¿Se le pone mal cuerpo si habla de su hermana?

Scarlet no lo oyó la primera vez porque estaba demasiado ocupada imaginándose los poderosos músculos que habría bajo aquellas mangas de camisa, que habían quedado al descubierto pues Roman se había quitado la cazadora antes de sentarse.

Al imaginarse su torso cubierto de vello, sintió una oleada de placer en el bajo vientre. Scarlet tragó saliva. Fue como golpearse contra una pared. Lo deseaba tanto que se había quedado paralizada y atontada.

La situación hacía necesario cierto examen. No había podido dejar de pensar en él desde que se habían conocido. Al principio, había intentado resistirse, pero luego se dijo que no pasaba nada por tener fantasías.

¡Y ahora estaba pagando las consecuencias! ¡Estaba obsesionada!

Dar rienda suelta a su imaginación había sido una locura. Ahora, no podía mirarlo sin que se le llenara la cabeza con todas las imágenes eróticas de las que era el protagonista.

No debía seguir pensando en aquello. Debía concentrarse en la conversación. Estaban hablando de su hermana, así que debería avergonzarse por estar pensando en sexo.

–No es que me ponga mal cuerpo sino que... la echo de menos –admitió con sencillez.

De repente, se le antojó que, de haber estado allí su hermana, no se habría sentido indignada porque estuviera pensando en sexo sino que la habría animado a que fuera por él.

Aquello la hizo sonreír.

–¿Estuvo enferma o fue un accidente?

Scarlet lo miró extrañada.

–¿No quiere hablar de ello?

–No especialmente, pero parece ser que usted, sí –contestó Scarlet abrazando un cojín–. ¿Por qué? ¿Conocía usted a mi hermana?

–No, no conozco a ninguna Abby Smith.

–Mi hermana no utilizaba el apellido Smith. A ella le parecía que yo sí parecía una Smith, pero que ella no y… tenía razón –le explicó Scarlet pasándose los dedos por aquella melena castaña que su hermana le había dicho tantas veces que se tiñera de rubio.

«Las rubias nos lo pasamos mucho mejor», solía decir entre risas.

–¿Era actriz?

–No, Abby era modelo. Su nombre artístico era Abby Derevell. Era bastante famosa. Bueno, lo cierto es que era muy famosa.

–¿Su hermana era Abby Derevell? –exclamó Roman.

Scarlet se dio cuenta de que la estaba mirando intensamente, intentando encontrar algún parecido. No lo iba a encontrar porque Abby había sido mucho más guapa que ella.

–No nos parecemos en nada –le aclaró.

Dios mío, aquella mujer había tenido un hijo con él y Roman ni siquiera era capaz de recordar su cara con claridad. ¿Qué tipo de hombre era?

–¿La conocía? –preguntó Scarlet.

–Sí –contestó Roman.

Ahora ya tenía su nombre y una cara borrosa. Abby Derevell había sido la protagonista de una campaña de publicidad hacía unos años y estaba en todas las vallas publicitarias, anuncios y revistas de Inglaterra.

Entonces, ¿por qué cuando intentaba recordarla se la imaginaba con los rasgos de su hermana, la mujer que tenía ante sí?

–Era muy guapa, ¿verdad?

–Sí, lo era –contestó Roman no porque se acordara de ella sino porque era obvio que era lo que Scarlet deseaba oír.

En realidad, no la recordaba. Había pasado una noche en su casa. De lo que sí se acordaba perfectamente era de la fecha pues era el día en el que debería haber celebrado su primer aniversario de boda.

Se había despertado completamente vestido en el sofá de su salón con un horrible dolor de cabeza y ella le había dicho que no lo había querido despertar porque había bebido mucho.

–¿La conocía bien?

Roman tardó en contestar.

Scarlet sintió que se quedaba helada al pensar que Roman le iba a confesar que habían sido pareja.

–No, no la conocía mucho.

Scarlet suspiró aliviada con disimulo. En cualquier caso, se preguntó por qué que Roman y su hermana se hubieran acostado le habría importado pues ni había nada entre Roman y ella ni lo iba a haber.

–¿Sam sabe que no es usted su verdadera madre?

–Por supuesto, a los niños no hay que mentirles.

–Me parece un buen principio. Cuando crezca y pregunte por su padre, ¿qué le va a decir?

Ése era un tema que preocupaba a Scarlet desde hacía cierto tiempo pues era inevitable que, tarde o temprano, Sam preguntara por su padre. No sabía qué hacer, si contarle la verdad o inventar a un padre héroe al que el niño pudiera admirar.

Era un tema espinoso.

–Sam es todavía muy pequeño para entender.

–A mí me parece que es sorprendente lo mucho que entienden los niños.

–Le diré que su madre lo quería mucho.

–¿Hace mucho que murió?

–Mi hermana se enteró de que tenía leucemia nada más quedarse embarazada de Sam –recordó Scarlet–. Los médicos le dijeron que abortara y se pusiera inmediatamente en tratamiento porque, de no hacerlo, sus posibilidades de superar el cáncer eran mínimas.

Roman la miró a los ojos. Scarlet vio en ellos sorpresa y compasión, lo que le hizo sentir un terrible nudo en la garganta y le obligó a tragar saliva.

–¿Tenían razón?

–Sí –contestó Scarlet.

–¿Ignoró los consejos de los médicos?

Scarlet asintió.

Roman se quedó atónito.

–Menuda decisión tan difícil –comentó.

–No creo que a Abby le costara tanto tomarla. Jamás se le pasó por la cabeza abortar.

–¿Cuánto tiempo después murió?

–Murió cuando Sam tenía tres meses –contestó Scarlet.

–Dios mío. ¿Sabía que tener un hijo la mataría?

Scarlet lo miró enfadada.

–Sam no mató a mi hermana. Abby murió por culpa de la leucemia.

Scarlet estaba decidida a que Sam no creciera con la culpa de haber matado a su madre porque no había sido así.

–Le agradecería que no volviera a repetir eso… jamás –le pidió.

–No lo haré, lo siento –contestó Roman–. Así que usted ha criado a su hijo…

Scarlet asintió.

Roman recapacitó sobre lo que había ocurrido. Los hechos eran que había dejado embarazada a una mujer, por alguna razón ella no se lo había dicho y ahora estaba muerta.

–Supongo que habrá sido difícil.

–Al principio, me aterrorizó la responsabilidad –admitió Scarlet–. Supongo que me sigue pasando a veces –rió–. ¿Le parece que soy una mala persona?

Nada más preguntárselo, Scarlet se enfadó consigo misma porque parecía que estaba buscando su aprobación.

Roman se quedó mirándola con una extraña intensidad.

–Por supuesto que no –contestó–. No sea tan dura consigo misma.

Scarlet sintió que se le saltaba las lágrimas y le pareció irónico que, después de haber sobrevivido a sus insultos, se emocionara por su amabilidad.

–¿No tenía a nadie a quien pedirle ayuda?

–Sólo tenía a mi hermana y a nuestra abuela, que murió el año pasado –contestó Scarlet.

–¿Y no tenía más parientes?

–No. A mis tíos no les gustan los niños.

–¿No la podrían haber ayudado aun así?

–Económicamente quizás, pero esto no es una cuestión de dinero, ¿sabe? Mis tíos no tienen hijos porque han elegido no tenerlos, no porque no puedan –le explicó Scarlet–. Nunca han querido perder su libertad, pueden escaparse al sur de Francia cuando les dé la gana y cosas por el estilo –añadió mirándolo–. Lo cierto es que se parecen un poco a usted, hacen lo que les da la gana sin tener en cuenta a los demás.

–O sea que son igual de egoístas que yo –sugirió Roman.

–Se quieren profundamente, así que tampoco

se puede decir que sean totalmente egocéntricos y narcisistas.

–No como yo.

Scarlet se sonrojó ante su ironía.

–Yo no he dicho eso –protestó.

–No ha hecho falta que lo dijera. ¿No me imagina teniendo hijos?

Scarlet frunció el ceño.

–Es usted mezcla de italiana e irlandés, ¿verdad? –preguntó encogiéndose de hombros–. Con ese entorno, seguro que algún día tendrá una gran familia, cuando esté usted preparado.

Scarlet se imaginó a un montón de niños con los ojos negros de Roman y su piel aceitunada, un montón de niños muy parecidos a Sam.

–¿Quiere decir cuando haya crecido?

–No, no lo iba a decir, pero soy una persona muy realista.

Roman sonrió.

–Una persona muy realista que dice siempre lo que piensa –dijo quedándose mirando sus labios fijamente.

Al darse cuenta de ello, Scarlet se puso nerviosa.

–Me refería, más bien, a que formará una familia cuando haya conocido a la persona adecuada –continuó para intentar disimular.

–No parece usted muy convencida.

–Tiene razón, siempre he dudado seriamente que los golfos tengan solución –admitió Scarlet.

–¿Me está llamando golfo?

Scarlet asintió tranquilamente. Aquél era uno de sus temas preferidos.

–Hay muchas mujeres que creen que si una buena mujer, es decir ellas, aman a un golfo, ese hombre se convertirá en un marido fiel –rió Scarlet ante la ingenuidad de aquellas mujeres.

–¿Usted no cree lo mismo?

–¡Míreme! ¿Le parezco una romántica empedernida?

–No tengo mucha experiencia con románticas empedernidas –admitió Roman–, pero yo diría que sí lo es.

–Pues se equivoca –le aseguró Scarlet levantando el mentón con dignidad–. Yo no entiendo que una persona que se enamora cambie de carácter. Tal vez, sea una incrédula, pero creo que un hombre que es un cerdo infiel siempre lo será... –se interrumpió al darse cuenta de lo que había dicho–. No es que lo esté llamando cerdo infiel...

–¿Ah, no? –contestó Roman enarcando una ceja–. Si usted lo dice... –sonrió encogiéndose de hombros.

–El matrimonio significa cosas diferentes para unos y otros. Hay gente que es más... flexible... –reflexionó Scarlet.

–Entiendo que por flexible se refiere usted a tener aventuras fuera del matrimonio.

–Supongo que sí –admitió Scarlet preguntándose cómo demonios habían llegado a hablar de aquello.

Roman la miró indignado.

–En ese caso, yo jamás seré flexible ante la idea de que mi esposa se acueste con otro hombre. Para mí, la fidelidad es un componente esencial del matrimonio.

–Eso me demuestra que nunca se puede juzgar por las apariencias –contestó Scarlet–. A mí, me pasa un poco lo mismo. Antes, yo era lo más importante de mi vida. Lo tenía todo: un buen trabajo, una buena casa, un buen coche...

–¿Y no se arrepiente de haber dejado todo eso atrás?

–Por supuesto que no. Gano muchísimo menos dinero que ahora, claro que jamás gané lo que ganaba mi hermana. Por otra parte, a mí no me trataban como si fuera una mujer florero ni tenía que alimentarme a base de lechuga y cigarrillos para mantener la figura.

–Entonces, ¿su hermana dejó dinero para Sam?

–Mi hermana ganaba mucho dinero, pero también gastaba mucho. En cualquier caso, ahorraba para su hijo y Sam tiene la educación pagada e incluso podrá comprarse una casa.

–¿Y usted de qué vive?

–De lo que gano. Ahora, ya no me importa ir vestida a la última. Lo que quiero decir es que el dinero no es lo más importante, ¿verdad? Bueno, supongo que para usted, sí –rió.

–Sí, yo vendí mi alma hace años para ganar mucho dinero.

–No pretendía ofenderle –sonrió Scarlet–. Ha sido una broma.

–¿De verdad?

–¡Sí!

–¿Y no ha pensando en volver a su antiguo trabajo algún día?

–¿Quién sabe lo que ocurrirá en el futuro? En cualquier caso, no estaría de más que me dijera por qué ha venido a verme.

–Sí, tiene razón. Voy a ello –admitió Roman–. ¿Qué pasa con el padre de Sam? –preguntó todo lo casualmente que pudo.

–Sam no tiene padre.

Roman la miró con la ceja enarcada en actitud irónica.

–Bueno, claro que lo tiene, pero no forma parte de su vida.

–¿Ha intentado ponerse en contacto con él alguna vez?

–Aunque quisiera hacerlo, no podría –contestó Scarlet.

–¿Por qué?

–Porque no sé quién es.

–¿Su hermana no se lo dijo? Sabía que su situación era grave.

–Claro que lo sabía. Se lo pregunté varias veces, le dije que estaba preocupada, pero me dijo que el haberse quedado embarazada era única y exclusivamente responsabilidad suya.

–Aunque sólo fuera una aventura de una noche, el padre también tiene sus responsabilidades para con Sam.

Scarlet lo miró sorprendida.

–Yo no he dicho que fuera una aventura de una noche.

–¿Ah, no? ¿Seguro?

–Completamente.

–Lo he debido de haber dado por hecho.

Capítulo 9

SCARLET se quedó mirando a Roman con recelo.

–Mi hermana tenía muchos amigos, pero no se dedicaba a ir por ahí acostándose con ellos –le advirtió.

Lo que no le dijo, y lo que no le había dicho a nadie, era que Abby le había confesado poco antes de morir que no había sido un accidente que se quedara embarazada sino que le apetecía tener un hijo y había elegido a un padre al que no había incluido en el plan.

–¿Y si el padre se entera? –le había preguntado Scarlet a su hermana.

–La única manera de que se entere es que alguien se lo diga y tú ni siquiera sabes quién es.

–Pero, cuando se entere de que has tenido un hijo, ¿no se dará cuenta de que es suyo?

–Dudo mucho de que se entere, pero, por si acaso, le dije que no había pasado nada entre nosotros.

–¿Y se lo creyó?

–Había bebido bastante –le explicó Abby–. En cualquier caso, le añadí whisky a su café y ni siquiera se dio cuenta.

–¡Lo emborrachaste! –exclamó Scarlet sin dar crédito a lo que estaba oyendo.

–Te aseguro que no lo suficiente como para que no diera la talla. No lo violé, se lo pasó bien, pero tengo la impresión de que quería olvidar algo. Por eso bebió tanto, para olvidar un aniversario o algo así, me parece.

–Pero lo conocías.

–No quería tener un hijo con cualquiera –le reprochó su hermana–. Me informé antes.

–¿Cuánto tiempo estuviste planeando todo esto?

–Te aseguro que no fue un impulso. Cuando me di cuenta de que jamás iba a conocer al hombre perfecto y de que mi reloj biológico me llamaba a gritos, pensé en la inseminación artificial, pero la descarté porque no sabes de quién vas a tener un hijo y esa idea no me gustaba. En cualquier caso, me quedé embarazada a la primera, así que supongo que sería el destino, ¿no te parece, Scarlet?

–A mí me parece que lo que deberías hacer es decírselo al padre –le aconsejó su hermana pequeña.

–Ni por asomo. Si se enterara de que tiene un hijo, se moriría de miedo.

–Pero los niños necesitan un padre.

–¿Y eso quién lo dice? No te dejes llevar por la tradición. En cualquier caso, te aseguro que el padre de mi hijo es genéticamente perfecto. Cuando hice la lista...

–¿Hiciste una lista?

–Sí, me pareció lo más lógico. En fin, cuando hice mi lista, este hombre era el primero por mucho –contestó Abby con naturalidad–. Tanto su familia paterna como su familia materna están sanos y tienen una esperanza de vida muy alta.

–Parece que has pensado en todo.

–No te parece bien, ¿verdad? Me lo imaginaba, pero estaba desesperada. No te puedes ni imaginar lo mucho que me apetecía ser madre.

Mientras su hermana le explicaba cómo había planificado la seducción para que coincidiera con su período fértil y cómo había agujereado el preservativo, Scarlet intentó no sorprenderse demasiado porque sabía que su hermana estaba condenada a morir.

La culpabilidad de saberse fuerte y sana cuando una de las personas a las que más quería en el mundo estaba a punto de abandonarlo, silenció cualquier protesta que hubiera podido hacerle.

–¿Y qué le dirá al padre si aparece de repente?

Al oír la voz de Roman, Scarlet volvió al presente.

Parpadeó y lo miró.

–Le he preguntado qué haría si apareciera el padre de Sam.

–¿El padre de Sam?

Como siempre que pensaba en el misterioso hombre al que su hermana había engañado, sentía cierta culpabilidad.

Al principio, consideró seriamente averiguar

quién era, pero al final no lo hizo porque no sabía cómo hacerlo y porque se preguntó si a él le apetecería saberlo. Según su hermana, si le hubiera dado la oportunidad, no habría querido saber nada del niño.

–No creo que eso ocurra jamás –contestó Scarlet.

–Pero la idea le da miedo, ¿verdad?

–Yo no he dicho eso –se apresuró a contestar Scarlet.

–No ha habido necesidad… Se lo he leído en la cara.

Scarlet intentó poner cara de póquer.

–No quiero ser maleducada, pero me parece que nada de esto es asunto suyo.

–Es asunto del padre de Sam –contestó Roman tras un denso silencio.

–El padre de Sam no va a aparecer –le aseguró Scarlet.

–Pero si lo hiciera... –insistió Roman–. ¿Qué haría usted si ese hombre quisiera tomar parte en la vida de su hijo?

Scarlet supuso que, de enterarse, aquel hombre renegaría de su hijo y no podía culparlo por ello porque, al fin y al cabo, nadie le había preguntado si lo quería tener.

–De verdad que no creo que exista esa posibilidad –contestó Scarlet.

La insistencia de Roman la estaba poniendo nerviosa.

–Póngase en el supuesto.

–Si el padre de Sam apareciera de repente, me inventaría algo por el bien de mi sobrino, pero eso no va a ocurrir.

–Parece usted muy segura.

–Lo estoy.

–¿Por qué?

–Porque mi hermana no le dijo nada –contestó Scarlet.

–Entonces, ella sí que sabía quién era.

Scarlet dejó escapar un suspiro de irritación y se puso en pie. El sonido que se produjo cuando su mano entró en contacto con la cara de Roman, resonó por toda la habitación.

Scarlet se miró la mano y la marca que le había dejado a él en la mejilla.

–Tiene usted bastante fuerza –se burló Roman enfadado.

–Perdón –se disculpó por haber perdido el control y haber recurrido a la violencia–. En cualquier caso, se lo merecía –añadió desafiante.

Roman se puso en pie con elegancia y la miró con superioridad.

–Puede que así sea.

Scarlet lo miró estupefacta pues no era aquella la reacción que esperaba.

–¿Cómo dice?

–¿Recuerda que mi madre se desmayó en la inauguración?

–Por supuesto –contestó Scarlet sin saber adónde les iba a conducir todo aquello y, sinceramente, sin querer saberlo.

–Todo fue porque reconoció a una persona.

Scarlet lo miró con la ceja enarcada.

–¿A quién?

–A Sam.

–No le entiendo.

Roman la miró a los ojos.

–Me lo imagino. Lo que ocurrió fue que mi madre se asustó porque Sam es exactamente igual que yo cuando tenía su edad.

Scarlet lo miró confusa.

–¿Su madre se desmayó porque Sam se parece usted?

Ahora que lo pensaba, era cierto que Sam tenía un tono de piel que parecía mediterráneo, pestañas largas y ciertos rasgos...

–Sam es mi hijo –declaró Roman.

Scarlet no estaba preparada para aquella revelación y, cuando días más tarde recordó aquella conversación, comprendió que ésa había sido la causa de que se quedara ciega, muda y estúpida.

No se dio cuenta de que palidecía y se mareaba hasta que Roman se acercó a ella asustado.

–Por Dios, siéntese.

Scarlet no se lo podía creer y permaneció de pie.

–¿Abby y usted? –preguntó sintiendo náuseas–. ¿Se acostó usted con mi hermana? –gritó.

¿Por qué esa idea le hacía sentirse como si fuera víctima de una traición? La única víctima que había allí era Roman.

Scarlet no se quería ni imaginar qué habría

sentido al enterarse de semejante descubrimiento. Inmediatamente, sintió pena por él y se sintió culpable.

–Parece ser que sí –contestó Roman.

Roman se sorprendió cuando Scarlet no siguió discutiendo ni lo insultó porque eso era lo que creía merecerse pues una cosa era ser padre por accidente y otra muy diferente no haberse ocupado de aquel hijo.

–Su hermana me dijo que no había ocurrido nada entre nosotros, pero los hechos demuestran que no fue así –le explicó.

–Esto es ridículo –contestó Scarlet–. ¡No puede ser! Mi hermana me dijo que el padre de Roman... o sea usted...

–¿Qué le dijo de mí?

Scarlet negó con la cabeza y decidió que no era el mejor momento para contarle la verdad.

–No me acuerdo exactamente.

–Me conformo con que me cuente lo que recuerda aunque no sea exacto.

Scarlet suspiró exasperada. Aquel hombre no la iba a dejar en paz. Lo miró detenidamente.

–Mi hermana me dijo que el padre de Sam habría salido corriendo si se hubiera enterado de su existencia.

Roman hizo una mueca de disgusto.

–Se equivocó –contestó.

Scarlet sintió ganas de llorar.

–¿Por qué me lo ha dicho?

–Obviamente, porque es mi hijo.

–Pero usted no lo quiere, no puede quererlo. Mi hermana ha muerto, así no va a conseguir castigarla. Déjenos en paz –le pidió presa del pánico.

–¿Por qué iba a querer castigar a la madre de mi hijo? Fue culpa mía.

Scarlet se sentía tan culpable que no se atrevía ni a mirarlo. Fuera lo que fuese aquel hombre, estaba muy claro que no era el canalla que su hermana se había imaginado.

–Me puedo ocupar de mi hijo perfectamente. Supongo que su hermana creyó que yo pediría pruebas de paternidad y no quiso pasar por el proceso –reflexionó Roman pasándose los dedos por el pelo.

Scarlet se sentía tan sorprendida ante sus palabras, pues eran correctas, que no pudo contestar.

Roman tomó su silencio como una confirmación de sus sospechas.

A Scarlet le resbalaban las lágrimas por las mejillas. ¿Por qué no era aquel hombre el ligón egoísta que su hermana le había hecho creer y no un hombre de serios principios morales?

En cualquier caso, no quería compadecerse de él cuando lo más probable era que quisiera arrebatarle a Sam.

Ante la ley, Scarlet era la tutora legal de su sobrino, pero, si su padre lo reclamaba, seguramente no tendría ninguna posibilidad de ganar.

La idea de una batalla por la custodia del niño la aterrorizó. Para evitarlo, lo único que podía hacer era dejar que Roman siguiera creyendo que el embarazo había sido accidental.

¿Para qué contarle la verdad si sólo iba a servir para manchar la memoria de su hermana?

–Yo creo que su hermana se equivocó queriendo criar a su hijo ella sola –dijo Roman–, pero admiro su valor. Admito que lo más fácil para ella hubiera sido venir a verme para que yo me ocupara de la manutención del niño. Eso es lo que la mayoría de las mujeres habrían hecho en su lugar.

–Abby jamás hubiera aceptado su dinero –contestó Scarlet esperanzada–. ¿No podríamos hacer como si no lo supiera? –sugirió secándose las lágrimas–. Sería más cómodo para usted y yo no se lo contaría jamás a nadie.

–¿Quiere que haga como si no tuviera un hijo? ¡Dios mío! ¿Por quién me toma? –contestó Roman indignado.

–En cualquier caso, no puede demostrar que es el padre de Sam. El hecho de que se acostara con mi hermana no significa que sea su hijo –apuntó Scarlet con la esperanza de que todo aquello fuera un terrible malentendido.

–No, pero las pruebas de ADN lo demuestran. No habría venido a hablar con usted de no haber estado seguro. El otro día, cuando estuvimos en la guardería, le arranqué un pelo al niño e hice que lo analizaran.

–¡Oh, Dios mío! –murmuró Scarlet dejándose caer en la silla sin fuerzas.

Capítulo 10

NO HAY duda. Sam es mi hijo.

Scarlet negó con la cabeza y corrió al baño.

Volvió varios minutos después, más pálida que cuando se había ido, pero con la compostura recobrada.

–Si cree que me lo va a poder quitar... sé que tiene dinero, pero...

–No se ponga en plan melodramático –contestó Roman comprendiendo lo que a Scarlet se le había pasado por la cabeza.

–Soy capaz de llevármelo lejos para que jamás nos encuentre –le amenazó Scarlet.

«Ahora se va a creer que soy una madre inestable e irresponsable», pensó.

–Veo que se empeña en atribuirme el papel de malo en la película y en quedarse usted con el de heroína, pero no va a ser necesario –le aseguró Roman acercándose a ella y tomándola de los hombros–. No tengo ninguna intención de quitarle a Sam. Yo sólo quiero formar parte de su vida.

Scarlet sabía que tenía derecho a formar parte

de la vida de Sam, pero se preguntó cómo afectaría eso a la vida del niño y a la suya propia.

–La vida de Sam es mi vida –le advirtió.

Roman tomó aire y apartó las manos de sus hombros.

–Es mi hijo. Todo esto sería mucho más fácil, Scarlet, si trabajáramos juntos, si fuéramos amigos.

–¿Amigos? Aunque esto no hubiera ocurrido, nosotros jamás podríamos ser amigos –contestó Scarlet acalorada.

De eso estaba segura. ¿Cómo iba a ser amiga de un hombre cuyo estilo de vida era completamente diferente al suyo, de un hombre con el que no tenía nada en común y que le revolucionaba las hormonas hasta niveles insospechados?

Aquel hombre la estaba mirando irritado.

–¿Le parece que pido demasiado?

–Sam ya tiene tres años –se defendió Scarlet–. ¿Dónde estaba usted cuando tuvo el sarampión? ¿Vino usted a agarrarlo de la mano mientras le daban puntos en la cabeza porque se había caído de la bici?

–No, pero no porque no quisiera sino porque no sabía que tenía un hijo.

En ese instante, Roman se dio cuenta de todo lo que se había perdido y sintió una horrible punzada de dolor.

–Y ahora que sabe que lo tiene, ¿qué va a hacer? ¿Va a cambiar su forma de vida? No creo –dijo Scarlet–. Obviamente, no ha pensado usted bien en todo esto. ¿Qué va a hacer, meter a Sam en su apretada agenda entre «ganar el próximo millón» y «ligar con la próxima supermodelo»? No puede usted plantarse en mi casa y exigirme formar parte de la vida de Sam.

–No le estoy exigiendo nada.

–A mí me parece que sí.

–Le podría dar muchas cosas al niño.

–¿Dinero? –se burló Scarlet.

–Por supuesto, seguridad económica –contestó Roman.

–Me lo imaginaba –dijo Scarlet con desdén–. No queremos su dinero.

–¿Se siente mejor rechazando mi dinero?

–No me puede comprar –le aseguró Scarlet.

–No pretendo hacerlo, pero quiero lo mejor para mi hijo.

–¡Yo, también!

–¿De verdad? Entonces, comprenderá que soy un hombre rico y que mi hijo es mi heredero.

–Bueno... yo... no había pensado...

–He dado orden a mi abogado para que cambie mi testamento. A partir de ahora, Sam será mi único heredero.

–Ah…

–Obviamente, le pagaré todo lo que se haya gastado...

–No quiero que me pague nada. ¿No entiende que no quiero nada suyo? Para mí, usted es...

–¿Le importaría que dejáramos de lado lo que siente usted por mí?

–¿Lo que siento por usted? –repitió Marie indignada–. Yo no siento nada por usted.

–Me doy cuenta de que es difícil que tenga usted un buen concepto de mí tal y como están las cosas –dijo Roman comprendiendo que no podía defender lo indefendible–. Sin embargo, creo que a mi hijo le viene bien tener un padre y su hermana me negó ese derecho.

–¡Deje a mi hermana en paz! –gritó Scarlet–. Ella sabía perfectamente lo que hacía.

–Entonces, ¿le parece que tomó la decisión adecuada?

–Por supuesto que sí –contestó Scarlet–. Un ligón con falta de compromiso no es el mejor padre que se pueda pedir.

Scarlet sabía que estaba siendo injusta con aquel hombre, pero no se podía controlar.

–Yo no he hecho nada para provocar esta situación, pero le puedo asegurar que voy a hacer todo lo que esté en mi mano, le guste a usted o no, para hacer lo que debo hacer. Va a tener que cooperar conmigo, Scarlet –contestó Roman mirándola con frialdad.

–¿Y qué pasa si no quiero? –le espetó Scarlet.

–Lo hará porque los dos queremos lo mejor para Sam –contestó Roman muy seguro de sí mismo.

Scarlet sintió un escalofrío que le recorrió toda la espalda pues, tras las palabras de Roman, se escondía cierta amenaza.

–Si fuera cierto que usted quiere lo mejor para

Sam, saldría de mi casa y se olvidaría de que existimos –contestó furiosa.

–No pienso hacerlo –le aseguró Roman–. Yo tengo un hijo, Sam tiene un padre y una familia que quiere conocerlo. ¿Va usted a negarle todo eso?

Scarlet parpadeó confusa. ¿Cuántas veces había deseado que Sam tuviera una familia numerosa y cariñosa?

–¿Su familia sabe de la existencia de Sam?

–Mi madre no ha necesitado conocer los resultados de las pruebas de ADN. Estaba completamente segura desde el primer momento que lo vio de que era mi hijo. Está como loca por tener un nieto, así que me imagino que ya tendrá el champán enfriándose en la nevera.

–¿Y se lo habrá contado a su padre? –se encontró preguntando con curiosidad.

Roman negó con la cabeza.

Scarlet tuvo la impresión de que no quería hablar de su padre.

–¿A él no le va a hacer gracia tener un nieto?

–Mi padre es un hombre inflexible y obstinado. La única manera de entenderlo es aceptar que, para él, todo es blanco o negro, no hay grises. Estoy completamente seguro de que tener un hijo fuera del matrimonio no va con él.

–¿Rechazará a Sam? –preguntó Scarlet, asustada.

–No, por supuesto que no –le aseguró Roman.

Scarlet no parecía muy convencida.

–No quiero que Sam se sienta rechazado por nadie.

–Mi padre no es una persona intolerante.

–¿No le parece a usted que eso es imposible teniendo en cuenta lo que me acaba de decir? Me acaba de contar que su padre es una persona inflexible y obstinada.

–Probablemente, el diría lo mismo de mí.

–En cualquier caso, no me parece un buen ejemplo para un niño pequeño.

Roman adoptó una expresión divertida.

–¿Cómo puede usted decir eso viendo lo bien que yo he salido?

Scarlet lo miró con el ceño fruncido. Cuando se reía de sí mismo así, casi le gustaba. Lo cierto era que era muy difícil que no le cayera bien aquel hombre.

–¿No se lleva usted bien con su padre?

«¿Le pregunto esto porque realmente creo que no sería positivo para Sam entrar en contacto con una familia cuyos miembros se llevan mal o simplemente estoy intentando agarrarme a un clavo ardiendo cuando, en realidad, sé que no tengo ningún derecho a negarle a Sam la posibilidad de tener un padre y una familia?», se preguntó Scarlet.

–Mi padre y yo no estamos de acuerdo en casi nada –admitió Roman–. Lo cierto es que él es muy estricto y no le hace ninguna gracia la vida que llevo.

–Qué tontería. Todos sabemos que la mayoría

de las cosas que se publican sobre usted son exageraciones –lo tranquilizó Scarlet.

–Scarlet Smith... ¿me está usted defendiendo? –sonrió Roman–. Se lo agradezco.

Cuando sus miradas se encontraron, Scarlet se sonrojó de pies a cabeza.

–Mi padre es de los que cree que «cuando el río suena, agua lleva».

–Supongo que eso es por la diferencia de edad.

–Sí, pero también porque antes de conocer a mi madre mi padre estuvo pensando en ingresar en un seminario.

–¿En un seminario?

–Sí –contestó Roman.

–¡Madre mía! ¡Ahora entiendo que no le guste cómo vive su hijo!

–Me parece que se va a llevar usted de maravilla con él –sonrió Roman pasándose los dedos por el pelo algo nervioso–. Hay otra cosa y prefiero que se entere por mí porque seguro que mi padre se lo va contar.

Scarlet lo miró con curiosidad.

–Estuve a punto de casarme con una chica que se llamaba Sally.

–¿Ah, sí? –dijo Scarlet mirándolo con los ojos muy abiertos.

–Sí, fue hace cinco años. ¿Por qué se sorprende tanto? Lo más normal del mundo en un hombre de mi edad es que haya tenido, por lo menos, una relación seria y duradera.

–Pero yo creía que usted era...

–¿Un cerdo que juega con las mujeres? –se burló Roman.

–¿Y a su padre no le caía bien aquella chica?

–Todo lo contrario. La adoraba y la sigue adorando. Sally y yo nos conocíamos desde que éramos niños. Sus padres tenían la finca que colindaba con la nuestra y siempre estábamos uno en casa del otro. Coincidimos en la universidad y tuvimos un breve noviazgo, nada serio. Unos años después, volvimos a coincidir en una fiesta y, un mes después, nos prometimos. Mi familia, especialmente mi padre, se mostró encantada –recordó.

–Pero usted no fue capaz de llegar al altar.

Roman apretó los puños.

–No, lo cierto es que fue ella la que no llegó al altar. La víspera de la boda se fugó con mi mejor amigo.

–¡No me lo puedo creer! –exclamó Scarlet con incredulidad–. Lo siento mucho. Debió de ser un duro golpe para usted.

–Desde luego, fue un día espantoso, pero fue hace ya mucho tiempo.

A pesar de su aparente indiferencia, Scarlet se preguntó si no seguiría todavía dolido por aquello. ¿Seguiría enamorado de aquella mujer que lo había abandonado de esa manera? ¿Se habría convertido en un ligón intentando olvidarla?

–Lo que no entiendo es por qué su padre le

echa la culpa de no haberse casado con ella cuando fue ella la que no quiso hacerlo.

–Dejó una nota en la que me pedía que no hablara con sus padres hasta que ella lo hiciera, pero creo que jamás lo hizo. Sólo mi madre y yo sabemos que huyó con Jake.

–Pero…

–Lo suyo no duró. Se fueron a Francia, pero Sally volvió tres semanas después… sola. Mi padre cree que me iba a casar con la mujer perfecta y que hice algo que la hizo huir. Quizás, tenga razón. Ahora, es profesora de educación primaria en Irlanda. Ya la conocerá cuando vayamos.

–¿A dónde? ¿A Irlanda? Yo no tengo ninguna intención de ir a Irlanda.

–Sería mucho mejor para Sam si usted viniera con nosotros.

–¡Eso es chantaje emocional!

–Yo lo llamaría sentido común –señaló Roman–. No se preocupe, mis padres van a estar encantados con el niño. No se lo he contado a mi padre todavía porque primero quería hablar con usted para arreglar las cosas.

–¿Arreglar las cosas? –repitió Scarlet enfadada–. ¿Y le parece que las hemos solucionado?

–Yo sólo quería... ¿le han dicho alguna vez que es usted una mujer muy difícil?

–No es que yo sea una mujer muy difícil sino que no me gusta que me «arreglen».

–Es una manera de hablar.

–Entonces, será mejor que elija sus palabras con más su cuidado.

–Empiezo a creer que está usted celosa.

–¿Celosa? ¿Cree que me da celos que se acostara usted con mi hermana? Está usted loco –rió Scarlet.

–No, estaba pensando más bien en que está usted celosa porque hay otra persona que tiene derecho a entrar en la vida de Sam, porque ya no es sólo suyo, pero quizás también esté celosa de que me haya acostado con su hermana –contestó Roman con la ceja enarcada.

Scarlet sintió que se sonrojaba de pies a cabeza.

–¡Le aseguro que yo jamás me acostaría con un hombre como usted!

–No es muy original –se burló Roman–, pero le doy un diez en convicción.

Ante su tono de condescendencia, Scarlet sintió ganas de arrojarle algo a la cabeza.

–¡Le aseguro que, si tuviera que elegir un padre para mi hijo, usted ni siquiera estaría en la lista! –le espetó.

–Tener que hacerse cargo de Sam es la excusa perfecta para no salir al mercado, ¿verdad?

–¿Al mercado?

–¿Siempre le han dado miedo las relaciones?

–¿Cree que pongo a Sam como excusa? –se rió Scarlet con incredulidad–. En cualquier caso, si salir al mercado significa ir a un bar a tomar copas y esperar a que un hombre se acerque a ti, le aseguro que no es mi plan ideal. No estoy tan desesperada.

–Me alegro por usted, pero creo que haríamos mejor concentrándonos en el tema que nos ocupa. Quiero conocer a mi hijo y me doy cuenta de que eso no se puede hacer de un día para otro. Lo mejor para él es que sea gradualmente.

–Si forma usted parte de la vida de Sam, va a formar parte también de la mía –observó Scarlet.

–Exactamente –dijo Roman ignorando su expresión de horror.

–No debería meterse en mi vida personal.

–Obviamente, voy a tener que hacerlo.

–No me gusta la idea.

–¿Ah, no? –dijo Roman acercándose a ella y besándola.

Mientras lo hacía, se dio cuenta de que había estado buscando la excusa perfecta para hacerlo desde que la había conocido.

Scarlet dejó que la besara e incluso gimió, lo que hizo que Roman sintiera que se le endurecía todo el cuerpo.

Scarlet se derritió contra él sin oponer ninguna resistencia y eso provocó que Roman la deseara todavía más y no pudiera dejar de besarla hasta un buen rato después.

Conseguirlo le pareció un esfuerzo sobrehumano.

–Oh, Dios mío... oh, Dios mío... –se lamentó Scarlet.

–Sí, ha sido una estupidez –contestó Roman apoyando su barbilla en la cabeza de Scarlet–, pero ha sido inevitable teniendo en cuenta el nivel de atracción.

Aquello hizo que Scarlet saliera de la nebulosa de seducción que la había atrapado y se apartara de él enfadada.

–Lo único que es inevitable entre nosotros es nuestra mutua antipatía –le espetó pasándose en la mano por los labios.

Lo cierto era que jamás la habían besado así.

–Si tú lo dices –contestó Roman encogiéndose de hombros.

–No me hables con ese tono de superioridad –le advirtió Scarlet– y no me trates como una niña.

Dicho aquello, se apartó de él y lo miró a los ojos.

–Si no quieres que te trate como una niña, no te comportes como si lo fueras –contestó él con impaciencia–. Yo nunca obligo a una mujer a que me bese.

–No, claro, eres irresistible –se burló Scarlet–. Por eso no te hace falta obligarlas.

«Desde luego, a mí no ha hecho falta que me obligara», recapacitó.

Al recordar que se había rendido por completo, le asaltó el pánico. Con un solo beso había caído rendida en sus brazos y eso era algo que jamás le había ocurrido.

¡Lo peor era que estaba dispuesta a repetirlo!

Roman apretó los dientes.

–No me vengas ahora con que tú no querías.

Scarlet se encogió de hombros para provocarlo.

–No me digas que no querías besarme porque tú tampoco querías parar. ¿Y me pides que te trate como una mujer hecha y derecha cuando no eres capaz de ir con la verdad por delante? –le preguntó con incredulidad.

Scarlet apartó la mirada porque le ponía nerviosa que Roman se hubiera dado cuenta de lo que le había hecho sentir.

–Como tú mismo has dicho, ha sido una estupidez –le recordó.

–Sí, pero ninguno de los dos queríamos que terminara –contestó Roman haciéndola sonrojar.

Sus miradas se encontraron y Scarlet se dio cuenta de que la miraba con deseo. Sintió que se mareaba, como si se cayera por un agujero.

«Qué poco se necesita para engañarte, ¿eh? Un hombre llega y te dice que no quería parar de besarte y a ti te parece algo impresionante. ¡Ningún hombre deja de besar a una mujer así como así! Lo llevan en la sangre», recapacitó.

Mientras ella estaba pensando, Roman pasó a la acción y se acercó. Lo tenía tan cerca que aspiró su masculinidad y su sonrisa hizo que se le acelerara el pulso.

Había llegado el momento de decirle, de una vez para siempre, que no estaba interesada en él.

Scarlet abrió la boca para hablar, pero no

pudo hacerlo. Roman le tomó el rostro entre las manos lentamente y Scarlet se dio cuenta de que había estado aguantando la respiración.

–Tienes un pelo precioso –dijo Roman acariciándole la mejilla y soltándole la horquilla con la que lo llevaba recogido.

–Es castaño, normal y corriente.

–¿Y a ti no te gusta?

–Ni me gusta ni me deja de gustar. Es normal y corriente.

–Para mí, es suficiente. Además, te queda bien a la cara –dijo Roman.

Volvió a besarla y ella suspiró y sintió que le flaqueaban las piernas.

–Por favor, Roman –gimió escondiendo la cara en su hombro.

–¿Por favor qué?

–Esto es una estupidez. Tú lo sabes tan bien como yo. La situación ya es lo suficientemente complicada como para, además, añadir esto.

–Esto no va a complicar las cosas –contestó Roman acariciándole el pelo.

Dejándose llevar por un impulso, Scarlet le tomó una mano y le besó la palma. Al instante, sintió que Roman se tensaba y apartaba la mano.

–Perdón, no debería haberlo hecho –se disculpó Scarlet–. No ha sido razonable por mi parte.

–¿Razonable? –rió Roman–. ¿Quién quiere ser razonable?

–Yo –contestó Scarlet.

Roman la miró muy serio.

–Bien, entonces, se me ocurre que lo mejor que podemos hacer es sacar partido de lo que sentimos.

–¿Sacar partido de qué? –preguntó Scarlet consiguiendo dejar de mirarle la boca.

–De la atracción sexual que hay entre nosotros.

–No te entiendo.

–¿Cómo te sueles comportar cuando sientes esto por un hombre?

Una pregunta difícil de contestar teniendo en cuenta que era la primera vez que sentía algo así. Era la primera vez que deseaba acostarse con un desconocido, así que decidió que decir la verdad no era lo mejor.

–No hago nada porque estoy demasiado ocupada con mi trabajo como para mantener una relación y, por otra parte, no soy partidaria de tener aventuras de una noche –contestó.

–No creo que con una noche tuviéramos suficiente –reflexionó Roma en voz alta–. Yo creo que lo que harías sería salir con ese hombre, ¿no?

–¿Salir con él? ¿Me estás diciendo que crees que si quedamos para ir al cine o para cenar las cosas van a ser más fáciles?

–Es lo que se suele hacer cuando te gusta alguien y a ese alguien le gustas tú. Yo, personalmente, estoy dispuesto a saltarme la cena y el cine e ir directamente al grano.

–¡Muy gracioso! –exclamó Scarlet sacudiendo la cabeza.

–Piensa en Sam. Si tú y yo saliéramos juntos, todo sería mucho más fácil.

–Pero tú y yo no vamos a salir juntos.

–Si fuera tu novio, podría pasar más tiempo con mi hijo.

–Dios mío, lo dices en serio, ¿verdad? –exclamó Scarlet no sabiendo si reírse o llorar–. ¿De verdad quieres que finja que salgo contigo para que tengas oportunidad de conocer a Sam?

–No, no quiero que finjas –contestó Roman.

Scarlet lo miró con los ojos como platos.

–¿No hablarás en serio?

–Supongo que Sam estará acostumbrado a ver a tus novios por casa.

–No, lo cierto es que no lo está.

–¿Me estás diciendo que no tienes vida social?

–Por supuesto que la tengo. Voy a clase de yoga y soy miembro de un club de punto…

–¿Punto? –exclamó Roman, sorprendido.

–Sí, hacer punto es muy relajante y…

–¿Te importaría dejar de hablar de eso? Yo te estoy proponiendo algo mucho más serio, yo te estoy hablando de sexo. A menos que tengas un voto de castidad o algo así. Por favor, dime que no es así.

En lugar de reírse, como Roman esperaba, Scarlet apartó la mirada.

–Nunca sales con nadie. ¿Es eso?

–Claro que salgo con chicos.

–Entonces, ¿cuál es el problema? ¿Por qué no puedes salir conmigo?

Scarlet estaba segura de que «salir conmigo» era un eufemismo que quería decir «acostarte conmigo».

–¿Nunca te han dicho que no y no puedes aceptarlo o qué?

–Por supuesto que acepto un no por respuesta, pero no de una mujer que tiembla de deseo y me desnuda con la mirada cada vez que nos vemos.

–¡Qué arrogante eres! –exclamó Scarlet ruborizándose.

–Puede que lo sea, pero tengo razón, ¿verdad, Scarlet? –sonrió Roman mirándola.

–¿Cómo sabes que no tengo novio? –se defendió ella.

–Porque tú misma has dicho que no tenías tiempo para mantener una relación.

–Es cierto, no lo tengo.

–Supongo que eso explica por qué te excitas con tanta facilidad –apuntó Roman.

–A ti sólo te importa el sexo, ¿verdad? –le preguntó Scarlet enfadada–. Estás obsesionado.

–Puede que no estés equivocada –contestó Roman.

–No sé a qué te refieres –tartamudeó Scarlet.

–Yo creo que lo sabes perfectamente. Estoy convencido de que sabes lo bien que nos los podríamos pasar en la cama –añadió con una voz ronca que hizo que Scarlet sintiera una punzada de deseo en el bajo vientre–. Sin embargo, lo niegas.

Scarlet cerró los ojos y contó hasta cien lentamente, pero no consiguió controlar el pánico y, como siempre que se ponía nerviosa, le dio por hablar de manera impetuosa.

–Lo cierto es que no tengo ni idea del mundo del sexo –se oyó confesar–. Antes de que te ofrezcas, déjame dejarte claro que no quiero que me des clases.

–¿Clases? Podría resultar interesante. Lo cierto es que… –se interrumpió de repente y la miró muy serio–. ¡Madre mía! ¡Eres virgen!

Capítulo 11

Y ESO qué más da? No es asunto tuyo –contestó Scarlet avergonzada.

–Obviamente, no será irrelevante para el hombre que se acueste contigo –dijo Roman.

Había querido que la dejara en paz y, por lo visto, lo había conseguido.

–Esto lo cambia todo –añadió.

Scarlet lo miró indignada.

–No sé por qué. Puede que no tenga mucha experiencia, pero seguro que estaría a tu altura. No creo que sea muy difícil.

–Sólo hay una manera de averiguarlo –se oyó decir Roman a sí mismo.

«¿Una virgen? Debo de estar loco».

Scarlet lo miró desafiante.

–¿Qué has estado haciendo todo este tiempo? ¿Has estado esperando al hombre perfecto? –le espetó Roman repentinamente enfadado con ella.

–¡Desde luego, si así fuera, no serías tú!

–Puede que yo sea como la fruta prohibida... –dijo Roman con voz ronca acercándose a ella.

La estaba mirando tan fijamente que Scarlet

sintió que se derretía. Se moría por rogarle que la tocara. Aquel hombre era tan guapo que era imposible resistirse.

Roman le acarició la mejilla y Scarlet tuvo que cerrar los ojos para que él no se diera cuenta de lo que sentía.

Lo amaba.

Ella, que siempre se había burlado del amor a primera vista, se había enamorado profundamente de Roman O'Hagan.

Roman le tomó las manos y se las puso en el pecho para que lo tocara. Scarlet sintió sus músculos bajo los dedos y el deseo fue en aumento.

–Eres increíble –le dijo tras tomar aire.

–Quiero que me toques –contestó Roman.

–Estás caliente –dijo Scarlet mordiéndose el labio inferior y metiendo los dedos entre los botones de la camisa.

Roman masculló algo, se agarró la camisa con ambas manos y tiró. Se oyó cómo se rompía la tela y los botones salieron despedidos por la habitación.

–¡Tu camisa! –exclamó Scarlet.

–Tengo muchas camisas –contestó Roman encogiéndose de hombros–, pero sólo tengo un cerebro y me temo que, si no me tocas, va a quedar seriamente dañado.

Scarlet obedeció y se recreó en los músculos que habían quedado al descubierto.

–Sí, estoy caliente, Scarlet –le susurró Roman al oído–. Tú me pones caliente. Me lleva pasando desde que te conozco.

Scarlet se dijo que no era el momento de ponerse a racionalizar lo que estaba oyendo. Sólo quería sentir.

–No hables –le dijo–. Demuéstramelo –añadió acariciándole el pelo–. Nunca he deseado a un hombre como te deseo a ti –confesó.

Sus miradas se encontraron. Todo estaba dicho. Era obvio que la atracción sexual era mutua.

Scarlet le pasó los brazos por el cuello y le abrazó la cintura con las piernas mientras Roman avanzaba hacia su habitación.

Al llegar, se dejó caer en la cama con ella encima, a horcajadas, mirándolo con ojos golosos y se concentró en ese bonito rostro que le imploraba que la tomara de inmediato.

Scarlet se inclinó sobre él, le puso una mano a cada lado de la cara y lo besó lánguidamente.

–¿Ya no llevas gafas? –le preguntó Roman.

–No, estaban pasadas de moda –contestó Scarlet con el pelo cayéndole a los lados como una cortina.

–Es una pena porque me gustaban.

–Mentiroso –rió Scarlet.

–Tuve una fantasía en las que te las quitaba.

–¿De verdad? ¿Has estado teniendo fantasías conmigo? –preguntó Scarlet sorprendida.

–Por supuesto que sí –le aseguró Roman.

–Podrías quitarme otra cosa que no fueran las gafas.

–Prefiero vértelo hacer a ti.

Cuando se estaba desabrochando el último botón de la camisa del pijama, Scarlet se dio cuenta realmente de lo que estaba haciendo.

Roman, que la estaba observando anonadado, se dio cuenta de que le habían asaltado las dudas y decidió ayudarla.

–Espera –le dijo abriéndole la camisa.

El primer impulso de Scarlet fue protestar y taparse los pechos, pero sus ojos se encontraron y no lo hizo.

Por primera vez en su vida, dejó que un hombre la admirara y disfrutó de ello. Roman, por su parte, no podía ni hablar.

–Dios mío, qué bonita eres –dijo por fin.

–¿De verdad? –preguntó Scarlet comenzando a sentir el poder que tenía sobre él, pero no del todo convencida.

–Yo nunca miento –contestó Roman tumbándose sobre ella.

Acto seguido, le colocó las manos sobre la cabeza y la besó con pasión. Scarlet gimió de placer al sentir su lengua jugueteando dentro de su boca y se estremeció cuando Roman comenzó a explorar su cuerpo.

Al sentir sus manos en la espalda, sintió un escalofrío, pero cuando llegaron a sus pechos fueron multitud de ellos.

Roman jugueteó con sus pezones hasta hacerla sentir dolor y placer a la vez. Jamás se había imaginado que el deseo pudiera ser así.

Cuando Roman deslizó los dedos más allá de

la cinturilla de los pantalones del pijama de Scarlet, ella levantó las caderas para ayudarlo a que se los quitara.

Scarlet, que hasta entonces había mantenido los ojos cerrados, los abrió y comprobó que Roman se estaba quitando lo que quedaba de su camisa.

Mirándola a los ojos, la tiró al suelo.

Scarlet tuvo que tragar saliva ante aquel festín de perfección que tenía ante sí y que iba a ser todo suyo.

–Tienes un cuerpo maravilloso –le dijo Roman.

Scarlet, que siempre se había comparado con una hermana mucho más guapa que ella, agradeció sinceramente aquellas palabras.

De repente, se dio cuenta de que jamás habría soñado con acostarse con un hombre tan perfecto como Roman O'Hagan.

Scarlet no dudó en alargar el brazo y acariciarle la abultada entrepierna. Roman tomó aire pues la sensación era demasiado fuerte.

Scarlet comenzó a mover la mano arriba y abajo. Mientras lo hacía, se dio cuenta de que lo que sentía en el bajo vientre se había multiplicado.

–Un momento –dijo Roman levantándose de la cama.

Scarlet lo miró confundida hasta que vio que se había puesto en pie para quitarse los pantalones y los calzoncillos.

Al verlo completamente desnudo, sintió que le faltaba el aire.

Roman volvió a la cama y la besó lentamente mientras la acariciaba por todas partes. Durante todo aquel tiempo, Scarlet sentía su erección entre las piernas.

Cuando Roman le tomó los pechos entre las manos y comenzó a lamérselos, Scarlet gritó que iba a morir de placer y, a pesar de que él se rió, lo decía en serio.

–Aguanta un poco más –le dijo Roman deslizándose por su tripa hasta llegar a su entrepierna.

–Pero…

–Tranquila –le dijo Roman con ternura–. No pienses, déjate llevar –le aconsejó–. Así, muy bien –añadió cuando Scarlet apretó la pelvis contra sus dedos.

–No sé lo que estoy haciendo… Bueno, en teoría, sí, pero…

–Tranquila, yo sí sé lo que estoy haciendo.

¡Claro que lo sabía!

«Tiene razón. No tengo que pensar en nada», se dijo Scarlet.

–Lo estás haciendo muy bien, *cara*. Madre mía, qué prieta estás –dijo Roman introduciendo un dedo en su cuerpo.

–¡Oh, Dios mío! –gritó Scarlet–. Por favor, Roman, por favor.

Varias súplicas y gemidos después, Roman le separó las piernas. Scarlet sintió un estremecimiento de anticipación y sonrió.

Cuando se adentró en su cuerpo, no sintió verdadero dolor sino una gran presión y, por fin, el sentimiento de estar llena.

Roman comenzó a moverse dentro de ella, la presión fue aumentando y los primeros espasmos del orgasmo se apoderaron de ella mientras gritaba su nombre.

«¡He gritado!», pensó Scarlet un rato después.

Roman sintió que se tensaba.

–¿Te pasa algo?

–No –le aseguró Scarlet relajándose entre sus brazos.

¿Qué le iba a pasar? Se encontraba de maravilla con él. El hecho de que no la quisiera podía esperar hasta el día siguiente.

El timbre del teléfono la despertó a las dos de la madrugada.

Scarlet abrió los ojos desconcertada y se encontró con un cuerpo masculino desnudo en su cama.

Mientras se levantaba para contestar el teléfono, prefirió no mirarlo.

Era Tom Bradley, el padre del amigo de Sam, para decirle que su hijo había tenido que ser ingresado con un ataque de apendicitis.

Tras compadecerse de Nancy, la madre del niño, Scarlet le prometió que iba inmediatamente a recoger a Sam y colgó.

Cuando estaba cruzando la habitación, se encendió la lámpara de la mesilla de noche y se quedó helada en el sitio, como un animalillo deslumbrado por un coche en mitad de la noche.

–¿Le ha ocurrido algo a Sam? –preguntó Roman.

–No –contestó Scarlet–. Ha sido a su amiguito, le ha dado un ataque de apendicitis –le explicó mientras se vestía intentando taparse para que no la viera desnuda–. Voy a ir a buscarlo. ¿Te importaría llamar a un taxi?

–No digas tonterías, ya te llevo yo –contestó Roman levantándose.

–No hace falta –dijo Scarlet tensándose al sentir sus dedos en la espalda.

–Déjame a mí –dijo Roman abrochándole el sujetador.

–Gracias –contestó Scarlet–. Perdona por haberte despertado –añadió volviéndose hacia él.

–No me has despertado, no estaba durmiendo –le aseguró Roman.

A diferencia de Scarlet, Roman no estaba avergonzado de su desnudez. Scarlet deslizó la mirada por su cuerpo hasta encontrarse con el descubrimiento que la hizo sonrojarse.

–Habrá otras mañanas –le prometió él.

Scarlet se ruborizó todavía más y apartó la mirada mientras se abrochaba la camisa.

–No, no habrá otras mañanas –contestó.

Roman la miró confuso, pero no dijo nada. Sin embargo, una vez en su coche, un Jaguar plateado, sacó el tema a relucir.

–¿Por qué has dicho antes que no iba a haber otras mañanas? –le preguntó mientras recorrían las calles prácticamente desiertas.

–Lo que ha ocurrido esta noche ha sido maravilloso y tú también, si es eso lo que te preocupa –contestó Scarlet intentando reír.

–No, no es eso lo que me preocupa. Sé perfectamente que lo que ha sucedido entre nosotros ha sido especial y, precisamente por eso, no entiendo tu postura.

Fue difícil no dejarse arrastrar por cómo había dicho «especial», pero Scarlet sabía que era lo que tenía que hacer. Aquel hombre era una persona apasionada y muy sensual y la química que había entre ellos era muy potente, pero estaba segura de que no pasaría mucho tiempo para verlo aparecer en los periódicos con otras mujeres.

Había otra opción todavía peor. ¿Quién le decía a ella que no se convertiría en la mujer a la que Roman acudiría cuando no tuviera nada mejor?

–No creo que sea una buena idea que me vuelva a acostar contigo porque no sería bueno para Sam. No es recomendable que nos vea como si fuéramos pareja y, de repente, no... los niños necesitan estabilidad. En cualquier caso, no te preocupes. Ya haremos un horario de visitas, pero te pido que esperes un poco antes de llevártelo los fines de semana.

–Seguro que profundizando un poco hay una

lógica enorme en lo que estás diciendo, pero te aseguro que yo a simple vista no la veo –contestó Roman divertido–. ¿Qué tiene que ver Sam con que te acuestes o no conmigo?

–Bueno, por lo que dices, es obvio que a ti te parece conveniente quedarte a dormir en mi casa.

Roman apretó los dientes.

–Querría acostarme contigo aunque Sam no existiera –le aseguró–. Querría acostarme contigo aunque siguieras llevando esas espantosas gafas. ¿Y sabes por qué? ¡Porque entre nosotros hay química, *cara*! –gritó Roman–. Sin embargo, Sam existe y a mí me parece que sería muy bueno para él que tú y yo estuviéramos juntos.

–Cuando dices «juntos», no es lo que en realidad quieres decir –contestó Scarlet.

Para ella, juntos significaba exclusividad, compromiso y, en un mundo ideal, amor.

–Estoy viendo venir que me vas a decir lo que he querido decir –apuntó Roman con ironía.

–Si hubieras descubierto que la mujer que está criando a tu hijo mete en casa a sus amantes, habrías sido el primero en poner el grito en el cielo.

–Eso es completamente diferente.

–¿Ah, sí? ¿Por qué?

Roman no contestó, pero la miró de reojo y Scarlet comprendió que se estaba enfadando seriamente.

–Roman, tienes que entender que Sam se confundiría. Él necesita tenerlo todo muy claro. No debes estropear tu relación con él por un encuentro sexual de una noche.

–Creía que me habías dicho que tú no tenías encuentros sexuales de una noche.

–Así es –contestó Scarlet pasándose los dedos por el pelo–. Obviamente, vas a formar parte de la vida de Sam durante mucho tiempo y, por lo tanto, de la mía.

–Veo que eso no te hace muy feliz.

–Estoy hablando en serio.

–Yo, también.

–Lo primero aquí son las necesidades de Sam.

–Tal y como tú lo dices, la vida de padre parece de lo más divertida: sacrificio y nada de sexo.

–Estás sacando lo que yo digo de contexto y lo sabes –protestó Scarlet–. El sexo dentro de una relación estable me parece bien.

–No me sorprende que siguieras siendo virgen si quieres una propuesta de matrimonio sin ni siquiera haber aceptado una invitación a cenar –observó Roman acelerando cuando el semáforo se puso verde.

Scarlet palideció, pero no dijo nada.

–Está bien –dijo Roman tras maldecir en italiano–. Lo haremos como tú quieras. Establece el horario que a ti te convenga y te prometo mantener las distancias.

Scarlet asintió.

Al poco tiempo, llegaron a casa de los Bradley.

–¿Quieres que os espere aquí? –le preguntó Roman.

–No, pero haz lo que tú quieras –contestó Scarlet sorprendida.

–No quiero que Sam se asuste. Después de todo, no me conoce de nada.

¡Roman estaba nervioso! Scarlet se sintió como una idiota insensible por no haberse dado cuenta antes.

–Roman, no eres un desconocido sino su padre –le dijo sintiendo unos enormes deseos de abrazarlo.

Se miraron a los ojos y, cuando lo vio sonreír, se bajó del coche para no hacer una estupidez.

La mujer de servicio los estaba esperando.

–Sam está dormido –les anunció–. Acompáñenme. Si me necesitan, estaré abajo –añadió dejándolos ante una puerta.

Sam estaba profundamente dormido, efectivamente.

Roman lo miró anonadado y tragó saliva.

–Tápalo con esto –le indicó Scarlet–. Es su manta preferida.

–¿Quieres que lo lleve en brazos?

–Sí, por favor –contestó Scarlet emocionada al ver a un hombre tan seguro de sí mismo tan nervioso.

–Si se despierta y me ve...

–Sam no suele despertarse fácilmente –contestó Scarlet para darle ánimos.

Sin embargo, Sam se despertó.

Abrió los ojos y miró al hombre que lo llevaba en brazos.

–¿Me has traído el balón de fútbol? –le preguntó con el ceño fruncido.

–La próxima vez –le prometió Roman.

Sam sonrió y volvió a cerrar los ojos.

Roman sacudió la cabeza con los ojos brillantes. Parecía como si le acabara de tocar la lotería.

–Se acuerda de mí.

Scarlet tragó saliva.

–No eres un hombre fácil de olvidar –contestó girándose para que Roman no se diera cuenta de que estaba llorando.

Capítulo 12

SCARLET vio su silueta a través de la puerta y sintió un deseo repentino, tal y como le sucedía siempre que Roman llegaba a su casa.

Pensó que aquello no se repetiría muchas veces más.

La idea de que Roman desapareciera de su vida debería ponerla contenta porque, al fin y al cabo, había sido lo que había querido desde el principio, pero no era así.

Desde que se había hecho un hueco en su vida, Scarlet estaba estresada y de mal humor aunque admitía que su comportamiento había sido impecable.

Ni siquiera se había inmutado cuando había colgado en el frigorífico el horario del que habían hablado.

Llevaban tres semanas cumpliendo el acuerdo y a Roman ya le costaba recordar cómo era la vida sin Sam.

¡El problema no era el niño sino su tía!

Hacía tres días que no iba a su casa. En aquella última ocasión, Roman había llevado a su hijo a dar una vuelta por el parque, pero el niño no había dormido la siesta y estaba de mal humor.

Apiadándose de él, Scarlet los había acompañado, pero ni por ésas Sam había dejado de tirar los juguetes al suelo desde la sillita continuamente.

Habían quedado para que Sam viera a su padre de nuevo al día siguiente, pero Roman había llamado para cancelar la cita en el último momento y Scarlet se preguntó si no sería porque, al descubrir que ser padre no era todo miel sobre hojuelas, se había echado atrás.

–¿Estaba previsto que vinieras esta noche? –le preguntó con ironía mientras secaba una taza.

–He debido de perder el horario –contestó Roman con el mismo sarcasmo.

–No mientas –le espetó Scarlet–. No te puedes presentar en mi casa cuando te dé la gana porque yo tengo mi vida.

–Eso todavía no está demostrado.

Scarlet tuvo que morderse la lengua para no soltarle una palabra malsonante.

–Si no aceptas que tengo derecho a mi intimidad, esto no va a funcionar.

–¿Para secar los platos? Sí, ahora entiendo que el momento que se produce entre una mujer y un plato es único. Perdona por haber interrumpido.

Scarlet lo miró enfadada.

–Ríete si quieres, pero dudo mucho que a ti te hiciera gracia que me presentara en tu despacho o en tu casa cuando me viniera en gana.

–¿Y cuándo va a ser eso?

Scarlet no contestó.

–¿De verdad se te ha pasado por la cabeza hacerlo? ¿Es que no puedes vivir sin mí? –se burló Roman.

Scarlet consiguió controlarse, pero sabía que, tarde o temprano, iba a volver a caer en sus brazos. Aquella noche estaba increíble con su camiseta gris y sus vaqueros.

Cuando se dio cuenta de que le estaba mirando la boca, Scarlet sintió que le temblaban las piernas. No le cabía la menor duda de que Roman lo estaba haciendo adrede porque disfrutaba viéndola confusa.

–¿Sabes que es malo no dejarse llevar por lo que uno quiere hacer? –dijo Roman enarcando una ceja.

Scarlet sintió que el calor se apoderaba de su cuerpo.

–A mí lo que me parece mal es que tú te dejes llevar por lo que quieres hacer y decepciones a tu hijo –contestó Scarlet llevada por la ira–. Regla número uno: no prometas cosas a Sam que no vas a poder cumplir. ¡No quiero que se lleve un mal rato porque no aparezcas!

Roman apretó los dientes, pero se relajó al cabo de unos segundos y la miró con curiosidad.

–¿Seguro que lo dices por Sam?

–Por supuesto.

–¿No será que estás celosa?

–¡Claro que no!

–Sí, a mí me parece que últimamente estás celosas y eso tendría fácil solución porque lo cierto es que yo prefiero tenerte en mi cama. No entiendo por qué no te has vuelto a acostar conmigo.

–Ya me acosté contigo una vez.

–Sí, pero de eso hace tanto tiempo que ya ni siquiera me acuerdo –apuntó Roman con ironía.

–Sabes perfectamente por qué no se puede volver a repetir, así que no creo que haga falta que te lo recuerde.

–Yo creo que sí hace falta.

–¿Has venido con ganas de fastidiar o qué?

–¿Y tú me lo preguntas? –se rió Roman.

–¡Deja de ponerme a prueba!

–¿Dónde está Sam?

–Jugando con Tessa, la hija de Isobel.

–¿La vecina de arriba?

Scarlet asintió.

–Son de la misma edad y se llevan muy bien –le explicó.

–Qué bien.

–¿Estás sugiriendo que me viene bien tener dónde deshacerme de Sam?

–No –contestó Roman enfadado.

–¿Entonces?

–Creo que ha llegado el momento de ir a Irlanda. Saldré este fin de semana– contestó Roman en tono enigmático.

–Pásatelo bien –dijo Scarlet dejando la taza en el armario.

«¡Cómo te voy a echar de menos!»

–Scarlet, no voy a ir solo.

«Claro que no», recapacitó Scarlet sintiendo la punzada de los celos.

–¿Te va a acompañar a alguien que yo conozca?

–Sam y tú –contestó Roman–. Mi padre quiere conoceros.

–¿Sam y yo? No entiendo nada.

–Yo, tampoco –dijo Roman acercándose a ella y acariciándole la cara–. Me gustaría que Sam y tú vinierais conmigo –repitió con paciencia–. ¿A quién demonios te creías que iba a invitar a casa de mis padres?

Scarlet recordó a una retahíla de bellezas con las que su nombre se había visto unido en la prensa.

–Lo cierto es que no me importa –contestó apartándose.

–Entonces, ¿qué te importa?

–No es que me importe, pero me preocupa que, en cuanto me doy la vuelta, te pongas a organizar la vida de Sam y la mía –lo acusó.

–No digas tonterías –dijo Roman visiblemente sorprendido.

–¿Me vas a decir ahora que no esperas que te acompañemos? ¿No se te ha pasado por la cabeza que habría sido un bonito gesto que nos lo preguntaras en lugar de exigírnoslo?

Roman la miró con impaciencia.

–Eres un hombre de lo más manipulador –dijo Scarlet negando con la cabeza–. Supongo que no se te habrá ocurrido que, quizás, yo tuviera otros planes para el fin de semana, ¿verdad? No, claro que no. ¡Cómo se te iba a ocurrir si tú solo piensas en ti!

–No se me ha ocurrido que pudieras tener otros planes porque, por lo que yo he visto, no tienes vida social.

–Desde luego, no como la tuya.

–Desde que Sam ha nacido, tu vida gira en torno a él. No me lo niegues.

–¿Me estás diciendo que lo asfixio?

–Te estoy diciendo que serías capaz de quedarte en un segundo plano con tal de ser la madre perfecta.

–¿Y me lo dices tú que llevas cinco minutos siendo su padre? ¿Cómo te atreves a echarme en cara mis errores?

Roman abrió la boca para contestarle de mala manera, pero se fijó en su cara y se dio cuenta de que estaba exhausta.

–Considero que ya he contestado a tu pregunta.

–¿Cómo dices? –dijo Scarlet mirándolo estupefacta.

–¿Os venís conmigo a Irlanda este fin de semana?

–No creo que podamos porque un viaje así rompería la rutina del niño y yo tengo que trabajar el lunes.

–¡Eres imposible! –exclamó Roman frustrado–. No pasa nada porque Sam haga un viaje. ¿No fuiste tú la que me dijiste que era importante ser flexible con los niños?

–No me refería a cosas como ésta.

–Qué sorpresa –se burló Roman–. En cuanto a tu trabajo, tienes cuatro semanas de vacaciones que tienes que tomar antes de que termine el mes que viene y da la casualidad de que sé que no te van a poner ningún impedimento si pides unos días libres la semana que viene.

–¿Y cómo lo sabes?

–Siempre es bueno adelantarse.

–No me puedo creer que hayas ido preguntando a mis espaldas –gritó Scarlet–. ¿Cómo te atreves a meterte en mi vida de esta manera? No soy una marioneta a la que puedes manipular.

–La vida sería mucho más fácil para mí si lo fueras –le aseguró Roman.

Scarlet lo miró furiosa.

–Te aseguro que no vamos a ir contigo –contestó Scarlet–. ¿Qué es eso? –añadió al ver que Roman se sacaba un periódico del bolsillo y lo dejaba sobre la mesa.

–El artículo que nos interesa está en la página dos. Es la edición vespertina, pero creo que saldremos en la portada en la de mañana por la mañana. Cuando lo hayas leído, probablemente cambiarás de opinión por qué Londres se te va a hacer un lugar insoportable.

–¡Qué horror! –exclamó Scarlet mientras leía el titular.

«Bendita familia».

Era una fotografía en la que aparecía Roman

empujando la sillita de Sam, que iba completamente dormido, y Scarlet mirándolo sonriente.

–Yo no he salido muy bien, pero tú estás muy guapa.

–¿Cómo puedes reírte de una cosa así? –le reprochó Scarlet–. Me niego a estar en el ojo del huracán.

–Me temo que ya lo estás –contestó Roman con calma.

–No ha sido idea tuya, ¿verdad?

–No, claro que no. Más bien, creo que ha sido tu vecina de arriba.

–¡Isobel jamás haría una cosa así! Somos amigas.

–¿Ah, sí? ¿Cuánto hace que la conoces? ¿Una semana?

–¿Y qué? A ti te conozco hace tan sólo un mes y esperas que confíe en ti.

–Claro, para ti todo sería más fácil si resultara que soy un monstruo. Prefieres creer que dejé embarazada a tu hermana, pero que te tocó a ti estar a su lado cuando murió y hacerse cargo de nuestro hijo. Entiendo que, pensando así, no confíes en mí, pero ahora estoy aquí y lo único que quiero es conocer a mi hijo.

–No te culpo de lo que le pasó a Abby.

–¿Cómo que no? Si las cosas fueran al revés, yo lo haría.

Scarlet miró a su alrededor por si había algo más que secar porque no quería hablar de aquel tema.

Roman suspiró exasperado y le arrebató el trapo.

–A lo mejor tu amiga no tiene nada que ver en esto, pero cuando nos conocimos el otro día mostró mucho interés en mi relación con Sam y contigo.

–No sabía que os hubierais conocido –contestó Scarlet.

–El otro día cuando llegué, ella justo salía de casa. En cualquier caso, ¿no me has dicho que no andan muy bien de dinero porque su marido está en paro?

–¿Estás diciendo que, en realidad, no es mi amiga? ¿Estás diciendo que me está utilizando?

–Estoy seguro de que le caes bien, pero creo que ha visto la manera de hacer dinero con facilidad y la tentación ha podido con ella. Cuando la gente no tiene dinero, pierde los principios.

–Me asombra ver que ni siquiera estás enfadado –dijo Scarlet con lágrimas en los ojos.

–¿Te crees que a mí no me ha ocurrido lo mismo? Yo también he tenido la desgracia de conocer a personas que me han dicho que eran mis amigos y me han dado una puñalada por la espalda.

–Es horrible. No me extraña que seas tan desconfiado –observó Scarlet–. Por supuesto, no quiero condenar a Isobel sin tener pruebas.

–Me parece bien por tu parte. Yo sólo estoy apuntando una posibilidad.

Al ver que estaba pálida, Roman sacó una botella de vino blanco del frigorífico y le sirvió una copa.

–Te has llevado una buena sorpresa y te sentaría mejor un coñac, pero me parece que no tienes, ¿no?

–Desde luego, entre tú y yo no hay secretos –contestó Scarlet con ironía.

–Bébetelo de un trago –le ordenó–. ¿Te sientes mejor? –añadió cuando Scarlet lo hizo.

–No, ahora me siento mareada –contestó ella–. ¿Qué vamos a hacer?

–Nada. No vamos a contestar a ninguna de las preguntas de los periodistas. Sé que no estás acostumbrada a tratar con los medios de comunicación y, precisamente por eso, me ha parecido bien irnos unos días a Irlanda.

–Eso sería como huir y yo no tengo nada que esconder.

–¿Prefieres estar aquí cuando el teléfono no pare de sonar y cuando abras la puerta y te los encuentros acampados en tu jardín?

Scarlet sintió un escalofrío de asco pues era una persona a la que no le gustaba que hurgaran en su vida privada. La idea de ver su cara en los periódicos y de tener que soportar las especulaciones se le hacía insoportable.

–¿Tú crees que, cuando volvamos, se habrán olvidado de nosotros? –le preguntó a Roman esperanzada.

–Puede ser –contestó él poco convencido.

–¿Serán capaces de seguirnos allí?

–Podrían hacerlo, pero no les va a servir de nada porque la casa de mis padres está situada dentro de una enorme finca con inmensos árboles, así que ni siquiera podrán tomarnos fotografías desde un helicóptero. Además, a veces los amigos pueden resultar de más ayuda que la seguridad privada que tenemos contratada.

–¿Por la admiradora aquélla?

–Supongo que lo leerías en la prensa.

–No, me lo contó tu madre y, además, te vi la cicatriz, ¿recuerdas? –dijo Scarlet con voz ronca.

–Sí, lo recuerdo –contestó Roman mirándola a los ojos.

Tras unos instantes de tensión sexual, Scarlet sacudió la cabeza y se dijo que debía controlarse porque tenía cosas más importantes en las que pensar.

–¿No sería mejor enfrentarse a lo inevitable cuanto antes?

–A mí me parece que se te da muy bien evitar lo inevitable –contestó Roman haciéndole enrojecer.

–Por favor, concéntrate en lo que nos interesa.

–Me resulta muy difícil cuando te tengo tan cerca y estás tan guapa.

–¡No digas tonterías! –exclamó Scarlet.

Le parecía increíble que un hombre que había salido con las mujeres más glamurosas del país pudiera mirarla con tanto deseo cuando llevaba unos viejos vaqueros y una camiseta desteñida, iba sin maquillar y tenía el pelo recogido en una coleta.

Pero así era, lo estaba viendo con sus propios ojos.

Su cuerpo reaccionó inmediatamente.

–Necesito que hablemos en serio un momento –dijo consiguiendo controlarse–. ¿No te parece un poco exagerado cambiar mi rutina de vida porque vaya a haber un par de fotógrafos en la puerta de mi casa?

–No van a ser un par –contestó Roman–. Van a ser un millón. Te van a llamar por teléfono constantemente para ofrecerte dinero y te van a meter notas por debajo de la puerta.

Scarlet lo escuchaba y se iba poniendo pálida por momentos.

–¡No! ¿Por qué? No es justo.

Roman la tomó entre sus brazos y la abrazó con fuerza.

Scarlet suspiró y se dejó abrazar.

–No, no es justo –murmuró Roman–. Pasará, te prometo que pasará –añadió acariciándole la espalda.

Scarlet lo miró a los ojos y él le acarició la mejilla con ternura.

–Ven a Irlanda conmigo –le pidió.

–Ahora mismo, me iría contigo a cualquier sitio –confesó con el corazón latiéndole aceleradamente.

–¿Incluso a la cama?

–Por supuesto que sí –contestó Scarlet suspirando de placer.

Capítulo 13

DEBERÍAS haberme dicho que viajar en barco no te sienta nada bien –le dijo Roman a Scarlet cuando salió del baño.

–Me encontraré mucho mejor cuando estemos en tierra firme –le aseguró ella.

Al final, Roman había conseguido convencerla de que lo mejor era salir aquella misma noche rumbo a casa de sus padres y estaban cruzando el mar de Irlanda.

–¿Qué tal estás? –le preguntó cuando llegaron a sus asientos de nuevo.

Sam estaba completamente dormido.

–Bien –contestó Scarlet.

–Me asombra lo fuerte que eres, pero para tu información te diré que estás verde –apuntó Roman poco convencido–. ¿Quieres comer algo?

Scarlet cerró los ojos e hizo una mueca de asco.

–No seas cruel, por favor –imploró.

–Entendido, sólo intentaba distraerte –contestó Roman.

Se le habían ocurrido muchas maneras mejores de hacerlo, pero suponía que lo detendrían por escándalo público de ponerlas en práctica.

–Si lo que me vas a decir es que es todo mental y que debo tener una actitud positiva, te mato. Te aseguro que me encuentro fatal y no son imaginaciones mías. Es algo del equilibrio, me da como vértigo. Debo de tener el oído interno mal…

Se interrumpió al sentir su aliento en la oreja.

–Tienes un oído precioso –murmuró mirándola a los ojos.

–No hace falta que hagas esto y lo sabes –contestó Scarlet.

–¿A qué te refieres?

Scarlet se ruborizó.

–No hace falta que me digas cosas. Lo cierto es que no espero que lo hagas porque nos hayamos acostado una vez –contestó–. Bueno, dos, pero la última no cuenta.

–¿Cómo que no cuenta? –preguntó Roman apretando los dientes.

Scarlet miró nerviosa a su alrededor pues le parecía que aquella conversación era demasiado personal para mantenerla en un lugar público.

A su lado viajaba un grupo de hombres, todos ataviados con camisetas de rugby. Eran bastante ruidosos, así que no era muy probable que los oyeran.

Uno de ellos, un hombre con el que Scarlet había intercambiado unas pocas palabras hacía un rato, la miró y le guiñó un ojo.

Scarlet sonrió y lo saludó con la mano antes de girarse de nuevo hacia Roman.

–No se va a volver a repetir –declaró con decisión.

–¿Porque tú no quieres? –preguntó Roman controlándose.

–No lo he pensado demasiado –mintió Scarlet.

–No, claro que no lo has pensado. Tú nunca piensas en nada –dijo Roman viéndola palidecer–. A ver si te das cuenta de una vez, Scarlet, de que es completamente imposible que tú y yo estemos en la misma habitación y no pase nada entre nosotros.

–Es cierto –admitió Scarlet amargamente–, pero, como no pienso volver a compartir habitación contigo, no se va a volver a repetir –le aseguró.

–Ya les he dicho a mis padres que nos preparen una habitación.

–Pues les vas a tener que decir que has cambiado de opinión.

–No puedo.

–¿Por qué no?

–Porque para ellos lo más normal del mundo es que una pareja que se va a casar duerma en la misma cama.

Scarlet se quedó lívida.

–¿Qué has dicho?

–Ya me has oído, Scarlet.

–¿Por qué creen tus padres que estamos prometidos?

–Porque eso es lo que yo les he dicho.

Scarlet sonrió con incredulidad.

–¿Te has vuelto loco? –explotó.

–De ser así, tú serías la culpable –contestó Roman enfadado–. Lo que no puedes hacer es decirme que no te toque cuando tú me miras como si me quisieras devorar. Eso haría que el hombre más cuerdo del mundo se volviera loco.

–¡Yo no te miro como si te quisiera devorar! –se defendió Scarlet.

Roman la miró con las cejas enarcadas.

–Claro, y ahora resulta que no te gusta nada hacer el amor conmigo. Los gritos que das son porque me odias, ¿verdad?

–¡Yo no grito!

–¿Cómo que no? Como una loca y a mí me encanta.

–Eres cruel y vulgar. Hay que estar completamente loca para casarse contigo.

–¿Y tú lo estás?

Scarlet lo miró muy seria.

–¿Cómo?

–¿Te vas a casar conmigo, Scarlet?

–Parece ser que tú crees que sí –contestó Scarlet con sarcasmo–. ¿Lo haces por Sam?

Roman se quedó pensativo antes de contestar.

–Creo que a él le gustaría tener una familia como Dios manda y, quizás, un par de hermanos.

Scarlet se rió histérica.

–¿Quieres tener hijos?

Roman la miró sorprendido.

–¿Tú, no?

–Sí –contestó Scarlet–. Algún día –añadió–. Eso es lo que te contestarían casi todas las mujeres si les hicieras estas preguntas.

–Sí, pero no se lo estoy preguntando a ellas sino a ti. Te estoy preguntando si te quieres casar conmigo y todavía no me has contestado.

Scarlet se dijo que, al menos, aquel hombre era sincero. En ningún momento había fingido quererla. Muchas parejas que se casaban por conveniencia terminaban enamorando y eran felices.

«Dios mío, te apetece hacerlo, ¿verdad?», se dijo a sí misma.

Sería una locura casarse sin amor.

–Sí, me quiero casar contigo.

Roman sonrió triunfal.

–Excelente –dijo poniéndose en pie.

Entonces, Scarlet se dio cuenta de que Sam se había despertado.

–Ven conmigo –le dijo Roman al niño–. Vamos a ver el helicóptero que hay en cubierta.

–Yo quiero montar en helicóptero –dijo Sam.

–Algún día lo harás –le prometió su padre.

Mientras Scarlet los veía alejarse, se preguntó qué demonios había hecho. No esperaba un brindis con champán, pero… ¿excelente y ya está?

Capítulo 14

ROMAN no había exagerado cuando había dicho que la finca de sus padres era enorme y estaba completamente aislada.

Tuvieron que salir de la población más cercana y conducir durante casi diez kilómetros hasta llegar a la verja de entrada.

Ya hacía diez minutos que la habían atravesado y no había ni rastro de la casa por ninguna parte.

Aquí y allá se abrían espacios entre los árboles y se veía el mar. En circunstancias normales, Scarlet se habría parado a admirar el paisaje.

¡Pero aquellas circunstancias no eran normales en absoluto!

Lo cierto era que estaba nerviosa porque iba a conocer a su familia política, pero ya no había marcha atrás. Había que terminar con aquello cuanto antes.

En cualquier caso, las cosas no se podían poner peor, ¿no?

–¿Y si no les caigo bien? –preguntó preocupada–. Seguro que Sam les cae bien porque él le cae bien a todo el mundo.

Roman la miró de soslayo y sonrió.

–Si no les caes bien, me desharé de ti como si fueras un calcetín maloliente –bromeó.

–¡Yo no huelo!

–¿Cómo que no? Claro que hueles. Yo te huelo en mi piel después de hacer el amor.

Scarlet sintió que se derretía.

–¡Como si eso hubiera ocurrido muchas veces!

–Ocurrirá –le prometió Roman.

Scarlet se mordió la lengua y miró al horizonte pues se había dado cuenta de que decía cosas que se volvían en su contra cuando el deseo se apoderaba de ella y en aquellos momentos no podía dejar de pensar en otra cosa.

–¿Por qué siempre buscas la aprobación de los demás? –le preguntó Roman al cabo de un rato.

–No lo hago –contestó Scarlet.

–La única persona a la que tienes que satisfacer es a mí –le aseguró Roman mirándola de manera inequívoca.

–¿Y te satisfago? No lo pregunto por nada en especial porque te aseguro que, de no ser así, me da exactamente igual y…

–Sí, claro que sí –la interrumpió Roman–. Claro que me satisfaces… mucho.

Scarlet cerró los ojos con fuerza.

–Te agradecería que no me dijeras esas cosas.

–¿Te molesta la verdad?

–¡Me molestas tú! –explotó Scarlet.

–Espera un momento.

Scarlet abrió los ojos y vio que había un caballo en la carretera. Lo montaba una mujer que, al oír el motor del coche, se giró hacia él. Al reconocer a Roman, lo saludó con la mano.

Scarlet se giró hacia Roman, pero él estaba pendiente de la amazona, a la que sonreía encantado.

–¿La conoces?

Roman no contestó, pero paró el coche a un lado de la carretera.

–No tardaré –dijo bajándose del coche–. Por cierto, ¿se te ha ocurrido pensar que, posiblemente, ellos estén igual de nerviosos que tú?

–¿Tu familia?

–Nuestra familia.

Scarlet bajó la mirada.

–¿Crees que les voy a dar miedo?

–¿Tú? ¡Pero si eres deliciosa! –le aseguró.

«¿Ha dicho deliciosa?»

El optimismo de Scarlet duró apenas unos segundos. Los que transcurrieron hasta que se dio cuenta de que la mujer se había quitado el sombrero dejando al descubierto una preciosa melena castaña y un bonito rostro.

Roman se acercó al caballo y le acarició el cuello. La amazona se inclinó sobre él, le pasó la mano por la nuca y le dio un beso en la boca.

Scarlet se quedó mirándolos mientras hablaban y sintió que se le formaba un nudo en la garganta.

Roman jamás se había mostrado tan relajado y feliz con ella.

–Ha sido un golpe de suerte –comentó Roman volviendo al coche y poniendo el motor en marcha–. Me apetecía ver mucho a Sally.

Al oír aquel nombre, Scarlet se tensó.

–Sally –repitió–. ¿Es la misma Sally que te dejó plantado en el altar?

–Sí, pero ahora todo aquello está olvidado.

Scarlet sonrió.

–Qué civilizado –comentó.

–Somos adultos, ¿no? Además, la vida es muy corta para tener rencor. ¿Montas?

–¿A caballo?

–Sí –sonrió Roman.

–No.

–Desde la próxima curva se ve la casa de mis padres. Es una pena que no montes a caballo porque mañana por la mañana he quedado para salir a dar un paseo con Sally.

–¿Has quedado para montar a caballo con ella?

–¿Te molesta?

–Por supuesto que sí –contestó Scarlet enfadada.

Roman paró el coche, se soltó el cinturón de seguridad y se giró hacia Scarlet.

–¿Te importaría explicarme por qué?

–El hecho de que necesite hacerlo demuestra

que eres un canalla insensible –contestó–. ¡Maldición! –añadió con lágrimas en los ojos.

–¿Dónde está el problema?

–Me parece que lo mejor será que nos olvidemos de todo eso de la fidelidad que me has contado porque no me creo absolutamente nada –contestó Scarlet airada.

–¿Lo dices en serio?

Scarlet levantó el mentón en actitud desafiante.

–Hay cosas que una mujer no puede tolerar.

Roman tomó aire y Scarlet se dio cuenta de que él también estaba enfadado.

–No me puedo creer lo que estoy oyendo –declaró.

–¿Ah, no? ¡Tú eres el que espera que tu familia se crea que nos vamos a casar y resulta que, nada más llegar, te vas a montar a caballo con el amor de tu vida!

–¿Te refieres a Sally?

–¿Cuántos amores de tu vida tienes?

–Sólo uno –contestó Roman.

Aquella confirmación hizo que Scarlet se sintiera fatal, pero se controló por orgullo.

–¿Pretendes que haga como que no he visto nada?

–¿Ante qué?

–¿Cómo que ante qué? ¡La has besado!

–Y no te ha hecho gracia, ¿verdad?

–¿A ti te haría gracia que yo fuera por ahí besando a mis ex novios? Qué pregunta tan estúpida, supongo que ni siquiera te darías cuenta –suspiró cerrando los ojos–. Dios mío, todo esto es una estupidez. No sé cómo he dejado que me convencieras para venir aquí.

–Me daría cuenta –le aseguró Roman.

–¿De verdad? –preguntó Scarlet con los ojos muy abiertos.

Roman le acarició la mejilla.

–Y no me gustaría –admitió–. Lo cierto es que no me gustaría en absoluto.

Scarlet sintió que se le aceleraba el corazón.

–¿Por qué?

–Porque mi esposa es intocable.

–Creía que éramos adultos –le recordó–. Además, yo tengo el mismo derecho a hacerlo porque tú lo haces.

–Eso que has visto no ha sido un beso –sonrió Roman–. Esto sí que es un beso –añadió inclinándose sobre ella.

Scarlet suspiró y dejó que la besara, pero un solo beso se le quedó corto. Quería más.

–Es realmente difícil dejar de besarte –comentó Roman como si le hubiera leído el pensamiento.

–Entonces, ¿por qué no sigues?

Roman le hizo una señal con la cabeza porque Sam, que viajaba en el asiento de atrás, se acababa de despertar.

–Tenemos público.

–Tengo sed –anunció el niño.

–Ahora mismo te damos algo de beber –contestó Roman poniendo el coche de nuevo en marcha–. Mirad, ahí está la casa.

–Parece una de esas casas de las novelas de Jane Austen –comentó Scarlet cuando se vio ante el precioso edificio–. No me habías dicho que fuera tan grande.

–Sólo son ladrillos, no dejes que el tamaño te intimide.

Scarlet pensó que era fácil decir algo así cuando uno se había criado en un mundo de privilegios.

–¿Es muy antigua?

–De la época georgiana –le explicó Roman–. Tiene algunos añadidos victorianos que a mí no me gustan. Si quieres saber la historia de la casa, pregúntale a mi padre. Te arrepentirás, pero ganarás muchos puntos a sus ojos.

–¿Es eso lo que quieres que haga?

Roman la miró y se dio cuenta de que estaba pálida y tensa.

–¿Por qué no dejas de preocuparte sobre lo que los demás quieran que hagas y haces de una vez lo que a ti te venga en gana? –le sugirió apartándole un mechón de pelo de la cara–. ¿Te gusta?

–¿Qué?

–La casa.

–Ah, sí... claro que me gusta –contestó Scarlet–. Es preciosa. Supongo que la gente tenía muchos hijos en aquella época porque es enorme.

–Mi madre está intentando convencer a mi padre para irse a vivir a Italia. Quiere reformar una de las casa de guardeses que hay en la finca porque esta casa se le hace demasiado grande.

–La entiendo perfectamente –contestó Scarlet viendo que dos personas iban hacia ellos.

«Oh, Dios mío…», pensó.

Roman se bajó del coche con Sam en la cadera y le abrió la puerta.

–Les vas a encantar –le aseguró.

–Si tú lo dices –contestó Scarlet rezando para que así fuera.

¿No se daba cuenta de que se sentía como parte de un paquete? Era la persona que se ocupaba del nieto que aquellas personas tanto ansiaban tener y, por lo tanto, eran inseparables, pero su presencia allí era completamente secundaria.

Sonrió al salir del coche.

En ese momento, Roman se inclinó sobre ella.

–En cualquier caso, si ellos no te quieren, recuerda que yo sí te quiero y eso es lo que importa – le susurró al oído.

Scarlet no tuvo tiempo de contestar porque se vio inmersa en las presentaciones y los abrazos.

Qué ironía.

Ella, que había temido tanto aquel encuentro que había pensado en lo que iba a decir exactamente, no sabía ahora a quién había besado y a quién le había dicho qué.

Estaba en otro mundo.

«¡Ha dicho que me quiere!»

–Espero que te guste la habitación.

–¿Cómo?

–La habitación, espero que te guste –repitió Natalia con paciencia.

–Ah, sí, la habitación... Claro que me gusta. Me encanta –contestó sinceramente.

–La habitación de Sam se comunica directamente con ésta.

–¡Sam! ¿Dónde está? –preguntó Scarlet alarmada.

–En la cocina viendo a los perros –le recordó Natalia mirándola confundida–. ¿No te acuerdas? Le has dicho que podía ir con Alice.

¿Alice? Ah, sí, la secretaria personal de Roman.

–Sí, a Sam le gustan mucho los perros. Siempre ha querido tener uno.

–Como todos los niños –sonrió su abuela–. Supongo que estarás cansada del viaje. ¿Quieres descansar un poco antes de comer? Me parece que, para entonces, habrá llegado Luca, mi otro hijo. Así, conocerás a toda la familia.

En aquellos momentos, Scarlet sólo quería ver a un miembro de la familia O'Hagan y ese miembro se había encerrado en su despacho para hacer una llamada de vital importancia.

¡Menudas prioridades!

–Sí, estoy cansada –contestó intentando disimular su extraño comportamiento–. Creo que me voy a duchar y voy a salir a dar un paseo.

Scarlet dudaba mucho que pudiera recuperarse. Ni con diez duchas. ¡Qué típico de Roman decirle algo así y desaparecer!

–Yo voy a estar en el salón, si necesitas algo –contestó Natalia–. No creo que Roman tarde mucho –añadió leyéndole el pensamiento–. ¿Quieres que te suban un té?

–No, creo que voy a esperar a Roman –contestó Scarlet.

Capítulo 15

SCARLET esperó, pero contrariamente a lo que le había dicho su madre, Roman tardó un montón de tiempo o eso le pareció a ella.

Deshizo su equipaje y el de Sam y se dio cuenta de que la habitación donde habían instalado al niño parecía haber sido decorada recientemente.

Era obvio que Natalia se había tomado muchas molestias para hacerlos sentir como en casa.

Scarlet se sintió culpable.

Al cabo de un buen rato recordando las palabras de Roman, se dijo que se iba a volver loca y decidió bajar a la cocina a buscar a Sam.

Lo encontró acompañado por Alice y la cocinera, que le había propuesto que la ayudara a preparar magdalenas.

Scarlet le dio permiso y el niño metió las manos en la harina encantado.

Volver a su habitación no estaba resultando tan fácil como creía.

Cuando se encontró en la sala de la plancha por segunda vez, Scarlet empezó a temer que no iba a conseguir salir de la zona de servicio nunca.

Al final, consiguió llegar de alguna manera al vestíbulo principal y se dirigió a la puerta tras la que había visto desaparecer a Roman.

Tal vez, ya habría terminado de hablar por teléfono y la estuviera esperando arriba. Aquella posibilidad hizo que se le acelerara el corazón.

Al oír el nombre de Sam detrás de la puerta, que estaba entornada, se paró en seco.

–Supongo que es mejor tarde que nunca –oyó gritar enfadado a Finn O'Hagan, el padre de Roman–. Un hombre jamás debería tener que avergonzarse de su hijo.

¿Roman le había dicho a su padre que se sentía avergonzado de Sam? Scarlet no se lo podía creer.

–Cuando miro a ese pobre e inocente bebé, me avergüenzo de ti, me avergüenzo de haber criado a un hombre tan egoísta como tú –continuó el padre de Roman–. Me avergüenzo de ti, me avergüenzo de ser tu padre.

–Siento mucho haberte decepcionado tanto, padre –contestó Roman más tranquilo–. No deberías alterarte.

–No estoy alterado. Estoy disgustado.

Llevada por el instinto de proteger a Roman, Scarlet abrió la puerta y entró en el despacho.

Los dos hombres, grandes como osos, ni siquiera repararon en su presencia.

–Siéntate, padre, y hablemos de esto tranquilamente –le dijo Roman a su padre.

–De esto no se puede hablar tranquilamente. Por mucho que lo hablemos no va a cambiar el hecho de que una mujer perdió la vida por traer al mundo a tu hijo.

En aquel momento, Scarlet se sintió imbuida de una calma total porque vio claro lo que tenía que hacer.

–¡No! –exclamó dando un paso al frente–. Esto tiene que aclararse ahora mismo.

Ambos hombres se giraron hacia ella.

–Scarlet, no te metas –dijo Roman yendo hacia ella.

Scarlet negó con la cabeza.

–No.

–No es tu problema, Scarlet.

–Tal vez, no lo sea, pero estoy decidida a aclararlo.

–¿Estás defendiendo a mi hijo? –exclamó Finn O'Hagan.

–Alguien lo tiene que hacer.

–Después de lo que le hizo a tu propia hermana –se burló el padre de Roman.

–El quid de la cuestión es precisamente que él no le hizo nada a mi hermana.

–Eso te lo ha dicho él, ¿verdad, chica? –contestó el hombre con impaciencia.

–Se llama Scarlet –intervino Roman furioso–. Si estás enfadado conmigo, no la pagues con ella.

Padre hijo se miraron a los ojos. Finn O'Hagan fue el primero en apartar la mirada y asintió.

–Me puedo defender yo sola –dijo Scarlet mirando a Roman y girándose a continuación hacia su padre–. Yo no dejo que nadie influya en mis convicciones, señor O'Hagan –declaró con orgullo.

–¿Me vas a decir ahora que mi hijo no es el padre de ese niño?

–No, Roman es el padre de Sam –contestó Scarlet.

–Entonces, no hay nada más que decir. Los hechos hablan por sí solos.

–No, señor O'Hagan. Roman no sedujo a mi hermana. Nada de aquello fue un accidente.

–¿De qué estás hablando, Scarlet? –preguntó Roman.

–Abby quería tener un hijo.

–Ya lo sé.

–No, no lo sabes. Mi hermana planeó tener un hijo contigo, te eligió como padre de su hijo.

–¿Me eligió? ¿Qué estás diciendo?

–Mi hermana se obsesionó con ser madre –reflexionó Scarlet, mordiéndose el labio inferior y bajando la mirada porque se sentía culpable.

No se atrevía a mirar a Roman pues lo imaginaba enfadado y disgustado y no quería ser el blanco de sus recriminaciones.

No era muy probable que entendiera que contarle la verdad era traicionar la memoria de su hermana.

Scarlet tomó aire y continuó.

–Abby me contó poco antes de morir que lo había planeado todo. Te echó alcohol en el café y se... aseguró de que... los métodos anticonceptivos no surtieran efecto. A la mañana siguiente, para asegurarse de que no sospecharas nada, te dijo que no había ocurrido nada, que te habías quedado dormido –concluyó.

Se hizo un horrible silencio.

Finn O'Hagan se quedó mirándola estupefacto y se giró hacia su hijo.

–¿Es cierto todo eso?

Roman no contestó.

–Abby no era una mala persona –dijo Scarlet defendiendo a su hermana–. Había tenido un par de relaciones en el último año que habían terminado mal y pensó que jamás encontraría al hombre ideal, pero ella quería tener un hijo.

–¿Y la solución era emborrachar a un hombre y acostarse con él?

Scarlet sintió un horrible nudo en la garganta.

–¡Por favor, no pienses mal de ella! –le rogó llorando mientras iba hacia la puerta–. Por cierto, señor O'Hagan, nadie se lo ha contado hasta ahora, pero quiero que sepa que no fue Roman quien abandonó a Sally en el altar sino ella. Se fugó con el mejor amigo de su hijo. Ahora entenderá que no es la primera vez que culpa usted a Roman de algo que no ha hecho. A mí me parece que se merece el beneficio de la duda, ¿no lo cree usted así? Yo en su lugar daría gracias al cielo por tener un hijo como Roman y no me pasaría la vida buscando cosas que echarle en cara –concluyó saliendo por la puerta con las lágrimas corriéndole por las mejillas.

Media hora después, Scarlet oyó que llamaban a la puerta de su habitación.

Se levantó y se peinó con los dedos sabiendo que iba ser difícil explicar por qué estaba tan horrible sin desvelar que se había pasado veinte minutos llorando sin parar.

–Ya voy –contestó.

–No te molestes –dijo Roman abriendo la puerta.

Scarlet se sentó en la cama y se quedó mirándolo.

Temía lo que fuera a salir de aquel encuentro, pero sabía que no había marcha atrás. Al menos, ahora la verdad estaba sobre la mesa. Una relación basada en el amor podría sobrevivir a la verdad. De no hacerlo, querría decir que no merecía la pena.

–Me debes de odiar en estos momentos –dijo mirando al suelo.

–¿Eso crees? –contestó Roman.

–Sí, y no te culpo por ello, pero espero que cuando te hayas calmado comprenderás que tenía que decírtelo.

–¿Por qué ahora?

–Porque no podía permitir que tu padre te hablara así, porque no podía permitir que te culpara de algo que no has hecho.

–¿Por qué no?

–Porque no.

–Sin embargo, no actuaste igual cuando me oíste culparme de todo. Entonces, no dijiste nada, ni una maldita palabra –dijo Roman con incredulidad–. ¿Te gustó verme destrozado por el sentimiento de culpa?

Scarlet levantó la mirada y negó con la cabeza.

–Yo, como un idiota, preguntándome cómo podías haberme perdonado con tanta generosidad.

Scarlet se mordió el labio.

–No entendía qué había hecho para merecerme a una mujer tan buena y dulce.

Scarlet no pudo más y se puso a llorar.

–¡Maldita sea! –exclamó Roman paseándose por la habitación–. Me debes de odiar.

Scarlet se secó las lágrimas y negó con la cabeza.

–Te quiero, Roman.

Roman se paró en secó.

–Quería contarte lo de Abby.

–Pero no lo hiciste –dijo él.

–No lo hice porque...

–No te gusta hablar mal de los muertos –concluyó Roman–. Eso no me vale.

–Pero es la verdad –protestó Scarlet–. Al principio, creí que no había ningún motivo para contártelo y, luego, quise protegerte de la verdad.

–¿Protegerme?

–Les diré a tus padres que todo ha sido culpa mía. Por lo menos, esta vez todavía no has mandado las invitaciones.

–¿De qué demonios estás hablando? –ladró Roman.

–Obviamente, no nos podemos casar, ni siquiera por Sam –dijo Scarlet convencida de que jamás la perdonaría.

–No me iba a casar contigo por el niño –le aseguró Roman.

Scarlet levantó la mirada y lo que vio en sus ojos le dio esperanzas.

–¿Cuando has dicho antes que me querías lo decías en serio? ¿Me sigues queriendo?

–El amor no se evapora así como así.

–Pero me desprecias, jamás me perdonarás –se lamentó Scarlet.

–¿Sabes lo que realmente me ha enfadado? No ha sido que me dijeras que tu hermana me utilizó como a un semental sino que creyeras que no me lo podías decir porque, de hacerlo, iba a dejar de querer a mi hijo.

–Perdón –murmuró Scarlet.

Roman sonrió, cruzó la habitación en dos zancadas y le tomó el rostro entre las manos.

–No quiero verte así, Scarlet.

–¿No estás enfadado conmigo?

–No puedo estarlo cuando yo también he mentido en ciertos aspectos. Reconozco que he sido manipulador.

–¿Con quién? –preguntó Scarlet sorprendida.

–Contigo –admitió Roman–. Te he pedido que te casaras conmigo por el bien de Sam, creía que así tendría más posibilidades de que me dijeras que sí, pero no te he dicho la verdad.

Scarlet le acarició la mejilla y Roman le tomó la mano y se la besó.

–¿Cuál es la verdad, Roman? –le preguntó con voz ronca.

–La verdad es que te quiero, Scarlet –contestó Roman mirándola con adoración–. Me estaba volviendo loco, no podía parar de pensar en ti.

–¡No me lo puedo creer!

–¿Te crees que habría accedido a viajar en ferry si no hubiera sido por ti?

Scarlet se rió, pero se puso seria de repente.

–Te has equivocado, Roman.

–¿En qué? –preguntó él preocupado.

–La verdad hubiera sido mucho más efectiva –contestó Scarlet.

Roman sonrió aliviado y la besó con pasión.

–Creo que, en el futuro, deberíamos contarnos siempre la verdad –sugirió.

–¿Pero podríamos mentirles a los demás si realmente lo necesitáramos?

–¿Estás pensando en algo en concreto, *cara*?

–Bueno, ¿estaría muy mal por nuestra parte excusarnos para no bajar inmediatamente a comer? –propuso Scarlet con una sonrisa inocente.

–Yo no necesito ninguna excusa para hacerle el amor a mi mujer –contestó Roman con arrogancia–. Además, en Italia es muy normal perderse en una habitación oscura en mitad del día. La siesta es una costumbre muy civilizada.

–Sí, pero no estamos en Italia.

–Ya, pero yo soy medio italiano –le recordó Roman tomándola en brazos y tumbándola en la cama–. Te va encantar estar casada con un hombre italiano –le prometió.

–Empiezo a creer que puede que tengas razón –sonrió Scarlet.

–Yo siempre tengo razón.

Por una vez, Scarlet decidió que no iba a discutir con él pues estaba completamente de acuerdo con aquel hombre al que adoraba tal y como era.

BIANCA®

Su guardaespaldas tenía músculos, cerebro... y mucho dinero.

Cuando la modelo Keri se
uedó atrapada con el guapí-
imo guardaespaldas Jay Linur,
ronto se dio cuenta de que
ertenecían a mundos dife-
entes. Pero los polos opues-
os se atraían... y ella abando-
ó la pasarela por un paseo
or el lado salvaje. La pasión
os arrastró por completo.

De vuelta a la realidad,
eri descubrió que Jay no era
que parecía: además de un
uerpo increíble, tenía cere-
ro y mucho dinero. Y aunque
matrimonio era lo último
ue Jay tenía en la cabeza,
eri se dio cuenta de que no
odía alejarse de él...

CORAZÓN DE DIAMANTE

Sharon Kendrick

¡YA EN TU PUNTO DE VENTA!